O MELHOR DE
H.P. LOVECRAFT

Tradução: **Cássio Yamamura**
Preparação: **Sylvia Skallák**
Revisão: **Guilherme Summa e Tássia Carvalho**
Capa: **Felipe Guerrero**
Projeto gráfico e diagramação: **Francine C. Silva**

Dados Internacionais de Catalogação na Publicação (CIP)
Angélica Ilacqua CRB-8/7057

L947m Lovecraft, H. P. (Howard Phillips), 1890-1937

O melhor de H. P. Lovecraft / Howard P. Lovecraft; tradução de Cássio Yamamura. – São Paulo: Excelsior, 2020.

224 p.

ISBN: 978-65-80448-41-8

Título original: *The Call of Cthulhu + The Shadow Over Innsmouth + The Colour Out of Space + Dagon + The Hound*

1. Ficção norte-americana 2. Terror I. Título II. Yamamura, Cássio

19-2793 CDD 813.6

H.P. LOVECRAFT

O MELHOR DE H.P. LOVECRAFT

São Paulo
2020
EXCELSIOR
BOOK ONE

SUMÁRIO

O Chamado de Cthulhu[1]

"Vindo de seres ou potências tão grandes, é concebível que haja uma remanescência... a remanescência de um período tão enormemente remoto quando sua consciência se manifestava, talvez, em formas e contornos há muito recolhidos antes da torrente do avanço da humanidade... formas cuja lembrança passageira foi capturada apenas pela poesia e pelo folclore, que as chamaram de deuses, monstros, seres míticos de toda sorte e tipo..."

— Algernon Blackwood

1 Originalmente publicado com a nota: "Encontrado entre os documentos do falecido Francis Wayland Thurston, de Boston". (N.E.)

I O HORROR EM BARRO

O que há de mais misericordioso no mundo, creio eu, é a incapacidade humana de correlacionar tudo que ele contém. Vivemos em uma ilha de ignorância plácida em meio aos mares negros do infinito, e não deveríamos ser capazes de viajar muito longe. As ciências, cada uma delas se estendendo para suas respectivas direções, até hoje nos trouxeram poucos males, mas algum dia a associação desses conhecimentos dispersos se desdobrará em paisagens tão aterrorizantes da realidade e de nossa posição temerosa dentro dela que ou enlouqueceremos com a revelação ou fugiremos da luz letal, rumo à paz e à segurança de uma nova idade das trevas.

Teósofos conjecturaram a respeito da assombrosa grandiosidade do ciclo cósmico no qual nosso mundo e a raça humana são incidentes transitórios. Eles aludiram a remanescências estranhas em termos que gelariam o sangue não fossem mascaradas por um otimismo brando. Mas não foi deles que veio o relance de eras proibidas que me arrepia quando penso a respeito dele e me enlouquece quando é objeto de meus sonhos. Tal relance, como todo relance terrível da verdade, surgiu da concatenação de elementos separados – no caso, uma matéria de jornal antiga e as anotações de um professor falecido. Espero que mais ninguém realize essa concatenação; decerto, caso eu viva, nunca fornecerei conscientemente um fio dessa rede tão horrenda. Suponho que o professor também pretendesse se manter em silêncio a respeito da parte que sabia e que ele teria destruído as anotações se não houvesse sido acometido por uma morte súbita.

Meu conhecimento acerca da coisa toda deu-se no inverno de 1926-1927, com o falecimento de meu tio-avô George Gammell Angell, professor emérito de línguas semíticas na Universidade Brown, em Providence, Rhode Island. O professor Angell era amplamente reconhecido enquanto autoridade em inscrições antigas, e diretores de museus ilustres com frequência recorriam a ele, de modo que muitas pessoas devem se lembrar de seu falecimento aos 92 anos de idade. Na região em si, o interesse foi intensificado pela causa obscura da morte. O professor foi acometido enquanto voltava do barco de Newport, caindo de repente, segundo testemunhas, após ir de encontro a um negro de aparência náutica que havia saído de um dos pátios escuros e estranhos na encosta íngreme que servia de atalho da região portuária à casa do falecido, na Williams Street. Os médicos foram incapazes de encontrar qualquer disfunção visível, mas, depois de uma discussão perplexa, concluíram que uma lesão obscura do coração, induzida pela subida vigorosa de um morro tão inclinado por um homem tão idoso, foi responsável pelo seu fim. Na época, não vi motivo para discordar do veredicto, mas ultimamente fiquei propenso a me questionar... e a ir além dos questionamentos.

Como herdeiro e testamenteiro de meu tio-avô, visto que ele faleceu viúvo e sem filhos, esperava-se que eu examinasse seus documentos com certo grau de minúcia e, para isso, levei todos os seus arquivos e caixas para meus aposentos em Boston. Muito do material que correlacionei será posteriormente publicado pela Sociedade Americana de Arqueologia, mas houve uma caixa que achei excepcionalmente enigmática, sentindo também grande aversão a expô-la a outros olhos. Estava trancada e eu não encontrei a chave até que me ocorreu examinar o chaveiro que o professor sempre levava no bolso. Com isso, tive sucesso em abri-la mas, ao fazê-lo, me deparei com o que parecia uma barreira ainda mais impenetrável. Pois o que poderiam significar o baixo-relevo em barro e as anotações, divagações e recortes que encontrei? Teria meu tio, no final de sua vida, passado a crer em imposturas das mais superficiais? Decidi ir atrás do escultor excêntrico responsável por essa perturbação aparente da paz de espírito de um senhor de idade.

O baixo-relevo era uma forma aproximadamente retangular com pouco mais de 2 centímetros de espessura e dimensões de 12 por 15; de origem evidentemente moderna. Seus desenhos, contudo, eram tudo menos modernos em ambientação e sugestão, pois, embora os exageros do cubismo e do futurismo sejam diversos e desenfreados, eles dificilmente reproduzem aquela regularidade críptica que reside em inscrições pré-históricas. E alguma forma de escrita o grosso desses desenhos definitivamente parecia ser; embora minha memória, apesar da grande familiaridade com os documentos e coleções de meu tio, tenha sido incapaz de identificar essa variante em particular, ou até mesmo de aludir a qualquer afiliação, por mais remota que fosse.

Acima desses supostos hieróglifos havia uma figura de função claramente pictórica, embora a execução impressionista impedisse a formação de uma ideia clara sobre sua natureza. Parecia algum tipo de monstro ou símbolo representando um monstro; uma forma que apenas uma imaginação adoecida seria capaz de conceber. Se eu dissesse que a minha imaginação relativamente extravagante compunha imagens simultâneas de um polvo, um dragão e uma caricatura humana, não estaria sendo infiel ao espírito da coisa. Uma cabeça polpuda e com tentáculos se punha sobre um corpo grotesco e escamoso com asas rudimentares, mas era o *contorno geral* que fazia a coisa mais surpreendentemente assustadora. Atrás da silhueta havia a vaga sugestão de uma peça de arquitetura ciclópica.

Os textos que acompanhavam essa peculiaridade, com exceção de uma pilha de recortes de notícias, estavam todos na caligrafia mais recente do professor Angell, e não tinham nenhum véu de estilo literário. O que parecia ser o documento principal tinha no cabeçalho "CULTO A CTHULHU" em caracteres meticulosamente impressos para evitar a leitura incorreta de uma palavra tão desconhecida. O manuscrito estava dividido em duas seções: a primeira era intitulada "1925 – Sonho e obra do sonho de H. A. Wilcox, Thomas St., nº 7, Providence, RI" e a segunda, "Narrativa do inspetor John R. Legrasse, Bienville St., nº 121, Nova Orleans, LA, em 1908, conf. da SAA – notas do próprio & relato do prof. Webb". Os outros papéis manuscritos eram todos notas breves, alguns deles relatos dos sonhos estranhos de diferentes pessoas, alguns deles citações de revistas e livros teosóficos (destaque para *Atlântida e a Lemúria Perdida*, ambos de W. Scott Elliot) e os demais consistindo em observações sobre sociedades e seitas secretas de longa perduração, com menções a passagens em livros de referência de mitologia e antropologia como *O ramo de ouro*, de Frazer, e *O culto das bruxas na Europa Ocidental*, da senhorita Murray. Os recortes no geral aludiam a doenças mentais e epidemias esdrúxulas de sandices ou manias coletivas na primavera de 1925.

A primeira metade do manuscrito contava uma história bastante peculiar. Aparentemente, em 1º de março de 1925, um homem esguio e sombrio, de compleição neurótica e agitada, visitou o professor Angell portando o baixo-relevo singular, que naquele momento estava extremamente úmido e fresco. Seu cartão de visitas trazia o nome "Henry Anthony Wilcox", e meu tio o reconheceu como o filho mais novo de uma excelente família ligeiramente conhecida por ele; um rapaz que, na época, estudava escultura na Rhode Island School of Design e morava sozinho no prédio Fleur-de-Lys perto dessa instituição. Wilcox era um jovem precoce de genialidade notória, mas alta excentricidade, e desde a infância chamava atenção com as histórias estranhas e sonhos atípicos que costumava relatar. Ele se dizia "fisicamente hipersensível", mas o povo sóbrio da antiga cidade comercial o desconsiderava classificando-o meramente como "esquisito". Nunca se misturando muito a seus pares, ele gradualmente se retirou da visibilidade social e era então conhecido apenas por um pequeno grupo de estetas de outras cidades. Mesmo o Clube de Arte de Providence, ávido em preservar seu conservadorismo, julgava-o um caso perdido.

Na ocasião da visita, dizia o manuscrito do professor, o escultor abruptamente requisitou os conhecimentos arqueológicos do anfitrião para identificar os hieróglifos no baixo-relevo. Ele falava de maneira sonhadora e afetada, sugerindo artificialidade e afinidade alienada; meu tio demonstrou rispidez na resposta, pois o frescor conspícuo da tabuleta sugeria relação com qualquer coisa, menos arqueologia. A tréplica do jovem Wilcox, que impressionou meu tio a ponto de fazê-lo se lembrar e registrar *ipsis litteris*, foi de uma construção fantasticamente poética que deve ter caracterizado a conversa inteira e que depois descobri que era típica sua. Ele disse:

– É nova, de fato, pois a fiz na noite passada em um sonho de cidades estranhas, e sonhos são mais antigos do que a Tiro melancólica, do que a Esfinge pensativa, do que a Babilônia envolta em jardins.

Foi então que ele começou a história desconexa que de repente estimulou uma memória dormente e conquistou o interesse irrequieto de meu tio. Houve um ligeiro abalo de terremoto na noite anterior, o mais perceptível na Nova Inglaterra em alguns anos, e a imaginação de Wilcox havia sido agudamente afetada. Ao se deitar, ele tivera um sonho sem precedentes de enormes cidades ciclópicas de quarteirões titânicos e monólitos que se lançavam ao céu, todos cobertos de gosma verde e do ar sinistro de um horror latente. Hieróglifos cobriam as paredes e pilares, e de um ponto indeterminado abaixo vinha uma voz que não era uma voz – uma sensação caótica que só a imaginação poderia transmutar em som, mas que ele tentou reproduzir com o emaranhado quase impronunciável de letras: "*Cthulhu fhtagn*".

Esse emaranhado verbal era a chave para a lembrança que agitou e perturbou o professor Angell. Ele interrogou o escultor com minúcia científica e estudou com intensidade quase frenética o baixo-relevo que o jovem acabara por fazer, arrepiado e coberto apenas por suas vestes noturnas, quando o estado de vigília pôs-se sobre ele de forma desnorteante. Meu tio atribuiu à idade avançada sua lentidão em reconhecer tanto os hieróglifos como o desenho pictórico, segundo Wilcox descreveu posteriormente. Muitas de suas perguntas pareciam descabidas ao hóspede, em especial as que tentavam conectá-lo a seitas e sociedades estranhas, e Wilcox não conseguia compreender as promessas de silêncio que lhe foram oferecidas em troca da admissão de que ele era membro de alguma prática religiosa mística ou pagã amplamente disseminada. Quando o professor Angell se convenceu de que o escultor de fato desconhecia qualquer seita ou sistema de tradições crípticas, ele pressionou a visita, exigindo relatos de sonhos vindouros. Isso rendeu frutos perenes, pois após a primeira conversa o manuscrito registra ligações diárias do rapaz, durante as quais ele relata fragmentos chocantes de imagens noturnas cujo pano de fundo era sempre uma paisagem ciclópica de rocha escura e encharcada, com uma voz ou inteligência subterrânea gritando monotonamente em ataques aos sentidos enigmáticos e impossíveis de transcrever a não ser como um conjunto de letras ininteligível. Os dois sons mais repetidos frequentemente são aqueles representados pelas grafias "Cthulhu" and "R'lyeh".

Em 23 de março, prosseguia o manuscrito, Wilcox não apareceu, e perguntas nos seus aposentos revelaram que ele havia sido acometido por algum tipo obscuro de febre e levado para a casa de sua família, na Waterman Street. Ele gritara durante a noite, despertando vários outros artistas na casa, e desde então se manifestou apenas em alternâncias entre inconsciência e delírio. Meu tio imediatamente ligou para a família, e a partir de então acompanhou de perto o caso, visitando com frequência o escritório na Thanyer Street do dr. Tobey, que soube ser o encarregado do caso. A mente febril do jovem aparentemente estava abrigada em coisas estranhas, e o doutor por vez ou outra estremecia ao falar delas. Elas não apenas incluíam repetições do que havia sonhado anteriormente como também tangiam descontroladamente algo gigantesco, "com milhas de altura", que andava ou se movia a esmo. Ele em nenhum momento descreveu esse objeto por completo, mas palavras frenéticas ocasionais, conforme repetidas pelo dr. Tobey, convenceram o professor de que ele devia ser idêntico à monstruosidade sem nome que ele buscou retratar em sua escultura onírica. A referência ao objeto, o médico acrescentou, era inevitavelmente um prelúdio ao declínio do jovem para a letargia. Sua temperatura, estranhamente, não estava muito acima do normal, mas todo o restante de seu estado geral sugeria uma febre efetiva, não um distúrbio mental.

No dia 2 de abril, aproximadamente às 3 da tarde, todo rastro da moléstia de Wilcox cessou. Ele se sentou na cama, atônito ao se ver em casa e completamente alheio a tudo que acontecera em sonho ou na realidade desde a noite de 22 de março. Declarado como saudável por seu médico, ele voltou a seus aposentos dentro de três dias, mas para o professor Angell ele não era mais de qualquer serventia. Todos os traços de sonhos estranhos sumiram com sua recuperação, e meu tio não manteve registro de seus pensamentos noturnos depois de uma semana de relatos inúteis e irrelevantes de visões detalhadamente comuns.

Aqui a primeira parte do manuscrito acaba, mas referências a algumas das anotações soltas me deram muito material para refletir – tanto material, a propósito, que apenas o ceticismo arraigado que então formava minha filosofia pode explicar minha desconfiança remanescente acerca do artista. As anotações em questão eram as que descreviam os sonhos de várias pessoas contemplando o mesmo período no qual o jovem Wilcox tivera suas estranhas visitas. Meu tio aparentemente instituíra com agilidade um vasto e prodigioso repertório de perdidos a quase todos os amigos entre os quais podia perguntar sem importunação por relatórios de seus sonhos todas as noites, e as datas de qualquer visão digna de nota num passado próximo. Esse pedido foi aparentemente recebido de formas variadas; contudo, ele deve ter recebido, no mínimo, mais respostas que um homem comum seria capaz de dar conta sem uma secretária. A correspondência original não foi preservada, mas suas anotações formavam uma seleção abrangente e bastante significativa. A população média da sociedade e de profissões comuns – a tradicional "gente fina" da Nova Inglaterra – teve resultados quase todos negativos, embora casos dispersos de impressões noturnas incômodas, mas sem forma, aparecessem aqui ou ali, sempre entre 23 de março e 2 de abril – o período do delírio do jovem Wilcox. Homens da ciência não foram muito mais afetados, embora quatro casos de descrições vagas sugerissem relances fugazes de paisagens estranhas e, em um caso, houvesse menção a um pavor de algo anormal.

Era dos artistas e poetas que vieram as respostas mais pertinentes, e sei que o pânico se alastraria se eles tivessem tido a oportunidade de comparar suas anotações. Do modo como estavam, sem as cartas originais, eu em parte suspeitava que o compilador obtivera respostas estimuladas ou editara a correspondência para que ela corroborasse o que ele havia inconscientemente decidido enxergar. Por isso, continuei a achar que Wilcox, de algum modo ciente dos dados antigos que meu tio possuía, estava importunando o cientista veterano. As respostas dos estetas contavam uma história perturbadora. De 28 de fevereiro a 2 de abril, uma grande proporção deles sonhara com temáticas bastante bizarras, sendo a intensidade dos sonhos incomensuravelmente mais intensa durante o período de delírio do escultor. Mais de um quarto dos que relataram algo mencionaram cenas e semissons não muito distantes do que Wilcox descrevera, e alguns dos sonhadores admitiram um medo agudo da coisa gigante e sem nome visível ao fim. Um caso, que a anotação descreve com ênfase, era bastante triste. O sujeito, um arquiteto muito conhecido com inclinações para a teosofia e o ocultismo, ficou violentamente insano na data das convulsões de Wilcox, e expirou meses depois, após gritos incessantes pedindo para ser salvo de algum ser fugido do inferno. Se meu tio tivesse se referido a esses casos por nome em vez de apenas por número, eu teria tentado corroborar esses relatos e conduzir uma investigação pessoal, mas, diante da situação apresentada, consegui rastrear apenas alguns. Todos eles, porém, confirmaram as anotações por completo. Muitas vezes me perguntei se todos os objetos de interrogação do professor se sentiram tão confusos quanto esta fração. É bom que nenhuma explicação jamais chegará a eles.

Os recortes de notícias, como eu sugerira, abordavam casos de pânico, mania e excentricidades durante o período determinado. O professor Angell deve ter implementado um escritório de recortes de imprensa, pois a quantidade de trechos era tremenda e as fontes vinham de todo o globo. Eis aqui um suicida noturno em Londres, onde uma pessoa que dormia sozinha saltou da janela após um grito chocante. Da mesma forma, eis uma carta incoerente a um editor de jornal na América do Sul, na qual um fanático deduz um futuro terrível a partir de visões que tivera. Uma notícia da Califórnia descrevia uma colônia teosófica trajando mantos brancos em massa para uma "realização gloriosa" que nunca chegava, ao passo que notas da Índia falavam contidamente de inquietações da população nativa no fim de março. Orgias vodu se multiplicaram no Haiti e postos avançados na África relataram murmúrios agourentos. Oficiais americanos nas Filipinas disseram achar algumas das tribos incômodas durante essa época, e policiais nova-iorquinos foram atacados por levantinos na noite do dia 22 para o dia 23 de março. O oeste da Irlanda também estava cheio de rumores e lendas incríveis, e um pintor fantástico chamado Ardois-Bonnot pendurou a blasfêmia de nome "Paisagem onírica" no Salão de Primavera de Paris de 1926. E são tantos os problemas registrados em manicômios que apenas um milagre poderia ter detido a fraternidade médica de notar os estranhos paralelismos e tirar conclusões estonteantes. Um conjunto estranho de recortes, considerados como um todo; e não consigo atualmente nem conceber o racionalismo calejado com o qual eu os deixei de lado. Mas na época estava convencido de que o jovem Wilcox estava ciente do caso antigo mencionado pelo professor.

II A HISTÓRIA DO INSPETOR LEGRASSE

O caso antigo que tornou o sonho do escultor e o baixo-relevo tão significativos para meu tio compunha a segunda metade deste longo manuscrito. Em outro momento, pelo que parece, o professor Angell vira a silhueta infernal da monstruosidade sem nome, estudara os hieróglifos desconhecidos e escutara as sílabas agourentas que só podem ser transcritas como "Cthulhu", e tudo isso formava uma conexão tão estimulante e horrível que não é de se espantar que ele tivesse ido atrás do jovem Wilcox com perguntas e requerimentos de dados.

A experiência anterior ocorreu em 1908, dezessete anos antes, quando a Sociedade Americana de Arqueologia realizava sua conferência anual em St. Louis. O professor Angell, como era adequado para alguém da sua autoridade e qualificação, tinha um papel ilustre nas discussões e era um dos primeiros a serem abordados por vários não membros que aproveitavam o convite para trazer perguntas para serem respondidas corretamente e problemas para serem resolvidos com expertise.

O principal desses não membros, e que rapidamente virou o centro das atenções da conferência inteira, era um homem de meia-idade e aparência banal vindo de Nova Orleans atrás de certa informação especial impossível de obter em qualquer fonte local. Seu nome era John Raymond Legrasse, e sua profissão era inspetor de polícia. Trazia consigo o motivo de sua visita: uma estatueta de pedra grotesca, repulsiva e aparentemente muito antiga, cuja origem era incapaz de determinar. Não se deve imaginar que o inspetor Legrasse tinha algum interesse em arqueologia. Pelo contrário, seu desejo de esclarecimento era motivado por considerações puramente profissionais. A estatueta, ídolo, fetiche ou o que quer que fosse, havia sido capturado alguns meses antes nos pântanos florestais ao sul de Nova Orleans durante uma operação em uma suposta reunião de vodu; e tão singulares e hediondos eram os ritos ligados ao objeto que a polícia não teve opção a não ser concluir que haviam encontrado uma seita sombria totalmente desconhecida por eles e que era infinitamente mais diabólica do que os mais negros círculos de vodu africano. De sua origem, além das histórias erráticas e inacreditáveis extraídas dos membros capturados, absolutamente nada foi descoberto; por isso a ansiedade da polícia por qualquer conhecimento de antiquário que pudesse ajudá-los a identificar o símbolo temeroso e, por meio dele, rastrear a seita até sua fonte.

O inspetor Legrasse mal estava preparado para a sensação que sua oferta criou. Um olhar sobre a coisa foi suficiente para lançar os homens da ciência reunidos a um estado de empolgação tensa; eles não perderam tempo ao se aglomerar ao redor para contemplar a figura diminuta cuja total estranheza e ar de antiguidade legitimamente abismal aludiam com tanta força a paisagens arcaicas e ainda desconhecidas. Nenhuma escola escultural conhecida dera vida a esse objeto terrível; no entanto, séculos e até mesmo milhares de anos pareciam gravados em sua superfície apagada e meio verde feita de rocha indeterminada.

A imagem, enfim passada lentamente de homem para homem a fim de uma análise atenta e cuidadosa, tinha pouco menos de vinte centímetros de altura e era de um artesanato artístico exímio. Representava um monstro de silhueta vagamente antropoide, mas com uma cabeça análoga a um polvo cujo rosto era um emaranhado de apêndices, um corpo escamoso e de aparência borrachenta, garras enormes nos pés dianteiros e traseiros e asas longas e estreitas atrás. Essa coisa, que parece imbuída de malignidade terrível e sobrenatural, tinha uma corpulência um tanto inchada e se agachava maleficamente em um bloco ou pedestal retangular coberto de caracteres indecifráveis. As postas das asas tocavam a borda traseira do bloco, o assento ocupava o centro, ao passo que as garras longas e curvas das pernas traseiras dobradas e agachadas agarravam a borda dianteira e se estendiam por um quarto do pedestal. A cabeça cefalópode estava curvada para a frente, de modo que as pontas de seus apêndices faciais roçavam o dorso de suas imensas patas dianteiras, que se agarravam aos joelhos elevados da criatura acocorada. O aspecto do todo era de um realismo anormal e lhe era conferido um terror ainda mais sutil pelo fato de sua origem ser tão completamente desconhecida. Sua vasta, assombrosa e incalculável idade era inconfundível; apesar disso, não tinha nenhum elo com qualquer tipo de arte pertencente à juventude da civilização... ou a qualquer outra época, aliás. Totalmente à parte e por si só, o próprio material da peça era um mistério, pois a rocha negra esverdeada e remetente a pedra-sabão, com suas manchas e estrias douradas ou iridescentes, não lembrava nada familiar aos campos da geologia ou mineralogia. Os caracteres ao longo da base eram igualmente embasbacantes; nenhum dos membros presentes, apesar de representarem juntos metade das descobertas especializadas do referido campo, tinha a menor ideia ou conseguia traçar um parentesco linguístico por mais longínquo que fosse. Eles, assim como aquilo de que tratavam, pertenciam a algo terrivelmente remoto e distinto da humanidade como a conhecemos; algo pavorosamente evocativo de ciclos de vida antigos e profanos aos quais nosso mundo e nossas compreensões não pertencem.

E, ainda assim, enquanto os membros balançavam a cabeça um a um e admitiam a derrota diante do problema do inspetor, havia um homem naquele evento que suspeitava de um rastro de familiaridade bizarra na escrita e forma monstruosas e que logo contou, com certa reserva, sobre a bagatela curiosa de que sabia. Essa pessoa era o agora falecido William Channing Webb, professor de antropologia na Universidade de Princeton, e um explorador de fama nada pequena. O professor Webb havia participado, 48 anos antes, de uma viagem pela Groenlândia e pela Islândia em busca de inscrições rúnicas que ele não havia sido capaz de descobrir; enquanto estava no oeste da costa da Groenlândia, teve um encontro com uma tribo ou seita peculiar de esquimós degenerados cuja religião, uma forma curiosa de adoração ao demônio, causou-lhe arrepios com sua repugnância e sanguinolência deliberadas. Era uma fé sobre a qual outros esquimós sabiam pouco, e a qual mencionavam apenas com tremores, dizendo que havia vindo de eras horrivelmente antigas, antes que o mundo fosse mundo. Além de ritos inominados e sacrifícios humanos, havia certos rituais hereditários insólitos e dedicados a um demônio ancião supremo – ou "*tornasuk*" – e, a partir disso, o professor havia obtido cuidadosamente uma reprodução fonética de um velho *angekok* – ou mago-sacerdote – expressando os sons em letras romanas da melhor maneira que podia. Mas só naquele momento foi de suma significância o fetiche que essa seita adorava, e ao redor do qual eles dançavam quando a aurora se lançava sobre os penhascos de gelo. Era, o professor dissera, um baixo-relevo grosseiro de rocha, que consistia em uma figura hedionda e em algumas inscrições crípticas. E, pelo que podia determinar, era um paralelo aproximado em todos os aspectos essenciais da coisa bestial ali disposta na conferência.

A informação, recebida com suspense e perplexidade pelos membros reunidos, provou-se ainda mais empolgante para o inspetor Legrasse, que começou de imediato a encher o informante com perguntas. Ao anotar e copiar um ritual oral entre os membros de seita do pântano que seus homens haviam detido, ele implorou ao professor para que se lembrasse o máximo possível das sílabas recolhidas entre os esquimós diabolistas. O que se seguiu foi uma comparação exaustiva de detalhes e um momento de silêncio completamente deslumbrado no instante em que o detetive e o cientista concordaram a respeito da identidade virtual da frase em comum aos dois rituais infernais separados por tantos mundos de distância. O que, em conteúdo, tanto os magos esquimós como os sacerdotes do pântano da Louisiana entoavam para seus ídolos parentes era algo assim – tendo sido as divisões de palavras conjecturadas a partir de pausas tradicionais da frase quando cantadas em voz alta:

"*Ph'nglui mglw'nafh Cthulhu R'lyeh wgah'nagl fhtagn.*"

Legrasse tinha uma vantagem com relação ao professor Webb, pois vários de seus prisioneiros mestiços haviam repetido para ele o que os celebrantes mais velhos lhes disseram ser o significado das palavras. O texto, como se apresentava, dizia algo parecido com isto:

"*Em seu lar em R'lyeh Cthulhu morto aguarda sonhando.*"

E agora, em resposta a uma demanda geral e urgente, o inspetor Legrasse fez o relato mais completo possível de sua experiência com os adoradores do pântano, contando uma história à qual pude ver que meu tio atribuiu uma significância profunda. Ela tinha o sabor dos sonhos mais desvairados de criadores de mitos e teósofos e apresentava um grau surpreendente de imaginação cósmica, da qual meias-castas e párias seriam os detentores mais inesperados.

No dia 1º de novembro de 1907, chegaram à polícia de Nova Orleans chamados do pântano e do lago na região sul. Os moradores clandestinos de lá – a maioria composta de descendentes primitivos, mas bondosos, dos homens de Jean Lafitte – estavam dominados pelo terror absoluto de uma coisa desconhecida que havia se posto sobre eles à noite. Era vodu, aparentemente, mas vodu de um tipo mais terrível que jamais haviam visto, e algumas das mulheres e crianças haviam desaparecido desde que o tambor malévolo começara a tocar incessantemente à distância dentro da floresta negra assombrada na qual nenhum morador se aventurava. Havia gritos insanos e berros angustiantes, cantos de arrepiar a alma e chamas diabólicas dançantes e, o mensageiro apavorado acrescentou, as pessoas não aguentavam mais.

Então, um grupo de vinte policiais ocupando duas carruagens e um automóvel partiu no fim da tarde com o morador trêmulo como guia. Ao fim da estrada transponível, saíram dos veículos e avançaram quilômetros num chape-chape silencioso pela terrível floresta de coníferas na qual o dia nunca chegava. Raízes feias e laços malignos de barba-de-velho suspensos os rodeavam e de vez em quando uma pilha de rochas úmidas ou o fragmento de uma parede putrefata intensificavam, por meio da sugestão de habitação mórbida, uma depressão que toda árvore malformada e toda ilhota de fungos criavam em conjunto. Por muito tempo, o assentamento clandestino, um amontoado deplorável de barracos, ficou à vista, e moradores histéricos correram para se aglomerar ao grupo de lanternas saltitantes. A batida abafada de tambores agora era ligeiramente audível muito, muito adiante; e um grito trepidante surgia a intervalos irregulares com a mudança de ventos. Um brilho avermelhado também parecia atravessar o mato por corredores sem-fim da noite na floresta. Relutantes até mesmo a serem deixados sozinhos novamente, cada um dos moradores apavorados se recusava terminantemente a avançar um centímetro a mais na direção do cenário de adoração profana; então, o inspetor Legrasse e seus dezenove colegas mergulharam sem guias nas arcadas negras de horror que nenhum deles jamais havia percorrido.

A região na qual a polícia adentrava era uma de reputação tradicionalmente maligna, consideravelmente desconhecida e alheia a homens brancos. Havia lendas sobre um lago escondido nunca visto por olhos mortais, no qual morava uma enorme coisa branca, hipertrofiada, sem forma e de olhos luminosos; moradores dos assentamentos sussurravam que demônios com asas de morcego saíam voando de cavernas no interior da terra para adorá-la à meia-noite. Diziam que a coisa estava ali desde antes de D'Iberville, antes de La Salle, antes dos índios e até mesmo antes das feras e pássaros sadios da floresta. Era o pesadelo encarnado e vê-la era morrer. Mas fazia homens sonharem, de modo que sabiam o suficiente para manter distância. A orgia vodu do momento ficava, inclusive, na orla dessa área odiosa, mas o lugar era ruim o suficiente por si só; por isso, talvez o local de culto tenha aterrorizado os moradores clandestinos mais do que os incidentes e sons alarmantes.

Apenas a poesia ou a loucura poderiam fazer justiça aos sons escutados pelos homens de Legrasse enquanto seguiam pelo pântano obscuro rumo ao brilho vermelho e aos tambores abafados. Há qualidades vocais particulares do homem e qualidades vocais particulares de feras; e é terrível escutar um quando o emissor deveria produzir o outro. Fúria animal e licença orgíaca se lançavam a alturas demoníacas por uivos e êxtases grasnados que irrompiam e reverberavam pela floresta escurecida como tempestades pestilentas saídas dos abismos do inferno. De vez em quando, o ulular menos organizado era interrompido e a partir dele o que parecia um coro bem treinado de vozes roucas dava lugar, em canto monótono, àquela frase ou ritual hediondo:

– *Ph'nglui mglw'nafh Cthulhu R'lyeh wgah'nagl fhtagn.*

Então, os homens, tendo chegado a um ponto no qual as árvores estavam mais finas, se depararam repentinamente com a visão do espetáculo em si. Quatro deles se retraíram, um desmaiou e dois ficaram abalados a ponto de soltarem gritos frenéticos que a cacofonia louca da orgia felizmente abafou. Legrasse jogou água do pântano no rosto do homem desmaiado e todos ficaram trêmulos e quase hipnotizados de horror.

Em uma clareira natural do pântano, havia uma ilha relvada de menos de meio hectare, livre de árvores e razoavelmente seca. Ali saltava e se contorcia uma horda indescritível de anormalidades humanas que ninguém além de um Sime ou um Angarola seria capaz de pintar. Desprovidos de roupas, essa prole híbrida estava zurrando, berrando e se retorcendo ao redor de uma fogueira aneliforme, no centro da qual, revelada por brechas ocasionais na cortina de chamas, jazia um grande monólito de granito com cerca de 2,5 metros, no topo do qual, incongruente com seu tamanho diminuto, repousava a estatueta de escultura nociva. Em um círculo largo de dez plataformas, dispostas em intervalos regulares com o monólito envolto em chamas como centro de referência, pendurados e voltados para baixo, estavam os corpos estranhamente desfigurados dos pobres moradores que haviam sumido. Era dentro desse círculo que o anel de adoradores pulava e gritava, sendo a direção geral do movimento de massas da esquerda para a direita um bacanal sem-fim entre o anel de corpos e o anel de fogo.

Pode ter sido apenas a imaginação e talvez tenham sido apenas ecos que induziram um dos homens, um espanhol nervoso, a imaginar ter ouvido respostas em antífona ao ritual em algum ponto longe e escuro mais ao fundo da floresta de horror e folclore antigos. Esse homem, Joseph D. Galvez, eu posteriormente encontrei e interroguei, e ele provou ter uma imaginação distrativa. Ele de fato chegou a ponto de sugerir o bater de grandes asas e o relance de olhos brilhantes e um volume montanhoso branco para além das árvores mais remotas... mas imagino que ele tenha ouvido superstições nativas em demasia.

Na verdade, a pausa horrorizada dos homens teve duração relativamente breve. O dever vinha primeiro, e, embora devesse haver quase uma centena de celebrantes mestiços na multidão, a polícia contava com suas armas de fogo e adentraram a rota nauseante. Por cinco minutos, o alvoroço e o caos resultantes foram além do que se é possível descrever. Golpes desenfreados foram desferidos, houve disparo de tiros e ocorrência de fugas, mas, no fim, Legrasse conseguiu juntar 47 detidos taciturnos, a quem ele forçou a se vestir às pressas e a se alinhar entre duas fileiras de policiais. Cinco dos adoradores estavam mortos e dois gravemente feridos foram carregados em macas improvisadas por seus colegas prisioneiros. A imagem do monólito, é claro, foi cuidadosamente removida e levada por Legrasse.

Examinados no escritório central depois de uma viagem de imenso desgaste e cansaço, os prisioneiros se mostraram todos homens de um tipo muito baixo, de sangue misturado e mentalmente aberrantes. A maioria deles era marinheiro, e uma salpicada de negros e mestiços, muitos do oeste da Índia ou portugueses das ilhas do Cabo Verde, davam uma cor de vodu à seita heterogênea. Mas, antes que muitas perguntas fossem feitas, tornara-se claro o envolvimento de algo mais antigo do que o fetichismo africano. Por mais rebaixados e ignorantes que fossem, as criaturas se atinham com consistência surpreendente à ideia central de sua fé abominável.

Eles adoravam, segundo sua alegação, os Grandes Antigos que viveram por eras antes da existência de qualquer homem e que chegaram ao jovem mundo vindos do céu. Esses Grandes Antigos agora estavam mortos, dentro da terra e debaixo do mar, mas seus cadáveres contaram seus segredos nos sonhos dos primeiros homens, os quais formaram uma seita que nunca morreu. Essa era a seita e os prisioneiros disseram que sempre existiu e sempre existiria, escondida em desertos distantes e lugares escuros por todo o mundo até o momento em que o grão-sacerdote Cthulhu, de seu abrigo sombrio na imponente cidade submersa de R'lyeh, se erguerá e submeterá a terra novamente à sua influência. Algum dia ele chamaria, quando as estrelas estivessem prontas, e a seita secreta sempre estaria esperando para libertá-lo.

Enquanto isso não ocorria, não se devia contar mais nada. Havia um segredo que nem mesmo a tortura era capaz de extrair. A humanidade não estava absolutamente sozinha entre as coisas conscientes da terra, pois formas saíram das trevas para visitar os poucos fiéis. Mas esses não eram os Grandes Antigos. Nenhum homem jamais havia visto os Antigos. O ídolo esculpido era o grande Cthulhu, mas ninguém pode dizer se os outros eram exatamente como ele. Ninguém conseguia ler o texto antigo àquela altura, mas as histórias eram contadas pelo boca a boca. O ritual cantado não era o segredo, que não era nunca dito em voz alta, apenas sussurrado. O cântico significava apenas o seguinte: "*Em seu lar em R'lyeh Cthulhu morto aguarda sonhando*".

Apenas dois dos prisioneiros foram declarados sãos o suficiente para serem enforcados; os demais foram internados em diversas instituições. Todos negaram sua participação nos homicídios ritualísticos e afirmaram que os assassinatos foram cometidos pelos Alados Negros que haviam vindo até eles de seu ponto de encontro imemorial na floresta assombrada. Mas a respeito desses aliados misteriosos não se pode obter jamais um relato coerente. O que a polícia extraiu veio em particular de um mestiço de idade extremamente avançada chamado Castro, que alegava ter navegado até portos estranhos e conversado com líderes eternos da seita nas montanhas da China.

O velho Castro lembrou fragmentos da lenda asquerosa, que empalideciam as especulações de teósofos e faziam o homem e o mundo parecerem de fato recentes e efêmeros. Houve eras nas quais outras Coisas comandavam a terra, e Eles tinham grandes cidades. Resquícios d'Eles, segundo o que os chineses imortais lhe haviam contado, ainda estavam por ser descobertos na forma de rochas ciclópicas em ilhas do Pacífico. Todos morreram há muitas épocas antes de os homens surgirem, mas havia artes que podiam revivê-Los quando as estrelas voltassem novamente para as posições certas no ciclo da eternidade. Eles haviam, afinal, vindo Eles próprios das estrelas, e trouxeram Suas imagens junto.

Esses Grandes Antigos, prosseguiu Castro, não eram compostos de carne e osso. Eles tinham forma – essa imagem criada nas estrelas não era prova disso? –, mas essa forma não era feita de matéria. Enquanto as estrelas estivessem do jeito certo, Eles poderiam mergulhar de mundo a mundo pelo céu, mas, quando estivessem erradas, Eles não conseguiriam viver. Contudo, embora Eles não mais vivessem, nunca morreriam de fato. Todos Eles jaziam em lares de rocha na grande cidade de R'lyeh, preservados pelos feitiços do poderoso Cthulhu para uma ressurreição gloriosa quando as estrelas e a terra estivessem novamente prontas para Eles. Mas, ao mesmo tempo, alguma força externa precisa estar a serviço para liberar Seus corpos. Os feitiços que Os mantinham intactos ao mesmo tempo impediam que Eles fizessem o movimento inicial e Eles podiam apenas jazer acordados no escuro e pensar enquanto milhões de anos avançavam. Eles sabiam tudo o que ocorria no universo, mas Sua forma de comunicação era a transmissão de pensamento. Mesmo agora Eles falavam em Suas tumbas. Quando, após uma infinidade de caos, os primeiros homens surgiram, os Grandes Antigos falaram aos sensitivos entre eles moldando seus sonhos, pois apenas assim a língua d'Eles era capaz de chegar às mentes frescas de mamíferos.

Então, sussurrou Castro, esses primeiros homens formaram a seita em torno de ídolos pequenos que lhes foram mostrados pelos Grandes Antigos; ídolos trazidos de áreas penumbrosas de estrelas escuras. Esse culto nunca morreria até que as estrelas estivessem certas de novo, e os sacerdotes secretos tirariam o grande Cthulhu de sua tumba para ressuscitar Seus súditos e continuar Seu reinado na terra. O momento seria fácil de saber, pois a humanidade teria se tornado igual aos Grandes Antigos; livres e desvairados e além do bem e do mal, com leis e morais deixadas de lado e todos os homens gritando e matando e regozijando-se em alegria. Então, os Antigos liberados lhes ensinariam novas formas de gritar e matar e regozijar-se e se divertir, e toda a terra arderia com um massacre em chamas de êxtase e liberdade. Enquanto isso, a seita, por meio dos ritos apropriados, deve manter viva a memória de tais tradições antigas e passar adiante a profecia do retorno delas.

No tempo longínquo, homens escolhidos falaram com os Antigos sepultados em sonhos, mas então algo aconteceu. A grande cidade de pedra R'lyeh, com seus monólitos e mausoléus, havia afundado e permanecido sob as ondas e as águas profundas, repletas de um mistério primitivo que nem o pensamento é capaz de atravessar, havia interrompido a interação espectral. Mas a memória nunca morreu, e sumo sacerdotes disseram que a cidade se elevaria novamente quando as estrelas estivessem certas. Depois, saíram da terra os espíritos negros terrenos, bolorentos e sombrios e cheios de rumores obscuros obtidos em cavernas abaixo do fundo do mar esquecido. Mas sobre eles o velho Castro não ousava falar muito. Ele se deteve rapidamente, e nenhuma persuasão ou sutileza conseguia trazer mais elucidações nessa direção. O *tamanho* dos Antigos, curiosamente, ele também se recusava a dizer. A respeito da seita, alegou pensar que o centro ficava em meio aos desertos sem rota da Arábia, onde Irem, a Cidade de Pilares, sonha escondida e intocada. Não era aliado ao culto das bruxas europeu e era virtualmente desconhecido por seus membros.

Nenhum livro havia jamais aludido a ele, embora os chineses imortais tivessem dito que havia trechos de sentido duplo no *Necronomicon* do árabe louco Abdul Alhazred, o qual os iniciados podem ler como preferirem, especialmente a dupla de versos sempre discutida:

"Não está morto o que pode para sempre jazer
E com eras estranhas, até a morte pode morrer."

Legrasse, profundamente impressionado e mais do que um pouco desorientado, interrogou em vão acerca das afiliações históricas da seita. Castro, aparentemente, havia dito a verdade quando dissera que era totalmente secreto. As autoridades da Universidade Tulane não conseguiam elucidar nada sobre a seita ou a imagem, e agora o detetive havia vindo às maiores autoridades do país e se deparou com nada mais que a história da Groenlândia do professor Webb.

O interesse febril despertado na conferência pela história de Legrasse, corroborada no caso pela estatueta, ecoava na correspondência subsequente daqueles que estavam presentes, embora houvesse poucas menções em publicações oficiais da sociedade. A cautela é a primeira preocupação daqueles acostumados a lidar com eventuais charlatanismos e imposturas. Por algum tempo, Legrasse emprestou a imagem ao professor Webb mas, ante a morte do segundo, ela foi devolvida ao primeiro e continua sob sua posse, condição na qual a vi há não muito tempo. É de fato uma coisa terrível, e definitivamente análoga à escultura onírica do jovem Wilcox.

Que meu tio ficou entusiasmado com a história do escultor não era de se admirar, pois que pensamentos devem surgir ao ouvir, após ter conhecimento do que Legrasse aprendeu sobre a seita, de um jovem sensível que não apenas havia *sonhado* com a figura e os exatos hieróglifos da imagem encontrada no pântano e na tabuleta diabólica da Groenlândia, mas que havia encontrado *em seus sonhos* pelo menos três das exatas palavras proferidas tanto pelos esquimós diabolistas como pelos mestiços da Louisiana? O início imediato de uma investigação do maior rigor possível feita pelo professor Angell era eminentemente natural; embora individualmente eu suspeitasse que o jovem Wilcox tivesse ouvido sobre a seita de maneira indireta e também inventado uma série de sonhos a fim de realçar e dar continuidade ao mistério em detrimento de meu tio. As narrativas oníricas e recortes coletados pelo professor eram, é claro, grandes corroborantes; entretanto o racionalismo de minha mente e a extravagância da situação toda me levaram a adotar o que pensava ser as conclusões mais sensatas. Então, após estudar mais uma vez e em minúcias o manuscrito e correlacionar as anotações teosóficas e antropológicas à narrativa da seita de Legrasse, viajei até Providence para ver o escultor e lhe dar a refutação que eu achava adequada por tão audaciosamente importunar um homem de erudição e de idade.

Wilcox ainda morava sozinho no prédio Fleur-de-Lys na Thomas Street, uma imitação horrenda de arquitetura bretã do século XVII que ostenta sua fachada de estuque em meio às adoráveis casas coloniais no monte antigo e à sombra do mais belo campanário georgiano da América. Encontrei-o trabalhando em seus aposentos e na hora tive de admitir, a partir das amostras espalhadas, que sua genialidade era de fato profunda e autêntica. Ele irá, creio eu, um dia ser descrito como um dos grandes decadentistas, pois cristalizou em barro e um dia refletirá em mármore aqueles pesadelos e fantasias que Arthur Machen evoca em prosa e que Clark Ashton Smith torna visível em verso e em pintura.

Sombrio, frágil e de aparência desarrumada, ele se virou languidamente quando bati à porta e perguntou o motivo de minha visita sem se levantar. Quando contei quem eu era, ele demonstrou certo interesse, pois meu tio havia estimulado sua curiosidade ao investigar os sonhos estranhos, sem nunca, no entanto, revelar o motivo do estudo. Não aumentei seu conhecimento nesse quesito, mas busquei com dada sutileza fazer com que ele falasse a verdade. Em um breve período, fiquei convencido de sua total sinceridade, pois ele falou dos sonhos de um modo que ninguém seria capaz de confundir. Eles e o resíduo inconsciente que deixaram influenciaram sua arte profundamente, e ele me mostrou uma estátua mórbida cujos contornos quase me fizeram estremecer tamanha a intensidade de seu rastro obscuro. Ele não conseguia se lembrar de ter visto o original desse, exceto pelo baixo-relevo do próprio sonho, mas os contornos haviam se formado por conta própria imperceptivelmente sob suas mãos. Era, sem dúvida, a forma gigante sobre a qual ele balbuciara em meio ao delírio. Que de fato não sabia nada sobre a seita oculta, exceto pelo que o interrogatório insaciável de meu tio deixara escapar, ele logo esclareceu, e novamente eu me empenhei para pensar em uma maneira com a qual ele poderia ter recebido essas impressões estranhas.

Ele falava de seus sonhos de uma forma estranhamente poética, fazendo com que eu enxergasse com terrível vivacidade a cidade úmida e ciclópica de rocha verde pegajosa – cuja *geometria*, ele disse, curiosamente, era *toda errada* – e ouvisse com expectativa apavorada o chamado incessante e semimental do subterrâneo:

– *Cthulhu fhtagn*, *Cthulhu fhtagn*.

Tais palavras haviam formado parte do ritual terrível que falava sobre a vigília em sono do falecido Cthulhu em sua cripta em R'lyeh, e me senti profundamente comovido a despeito de minhas crenças racionais. Wilcox, eu tinha certeza, ouvira falar da seita de alguma maneira casual e logo a esquecera em meio ao volume de leituras e imaginações igualmente esquisitas.

Posteriormente, em virtude de seu aspecto impressionante, ela encontrara expressões inconscientes em sonhos, no baixo-relevo e na estátua terrível que eu agora contemplava; então sua enganação a meu tio havia sido bastante inocente. O jovem era de um tipo ao mesmo tempo ligeiramente afetado e ligeiramente mal-educado, de que nunca consegui gostar, mas eu estava disposto a reconhecer tanto sua genialidade como sua honestidade. Despedi-me amigavelmente dele e lhe desejei todo o sucesso que seu talento prometia.

A questão da seita ainda me fascinava e, às vezes, tinha visões de fama pessoal de pesquisas a respeito de sua origem e suas conexões. Visitei Nova Orleans, falei com Legrasse e outros membros daquela equipe de operação antiga, vislumbrei a imagem arrepiante e até interroguei os prisioneiros mestiços que ainda estavam vivos. O velho Castro, infelizmente, morrera havia alguns anos. O que então ouvi de forma tão explícita em primeira mão, embora não fosse nada mais do que uma confirmação detalhada do que meu tio havia escrito, me refrescou com empolgação, pois eu tinha certeza de que estava seguindo a trilha de uma religião bem real, bem secreta e bem antiga cuja descoberta faria de mim um antropólogo notável. Minha atitude ainda era uma de materialismo absoluto, *como eu queria que ainda fosse*, e descartei com perversidade quase inexplicável a coincidência das anotações oníricas e dos recortes coletados pelo professor Angell.

Uma coisa que comecei a suspeitar, e que agora receio *saber*, é que a morte de meu tio não foi nada natural. Ele caiu em uma rua íngreme e estreita saindo de uma região portuária repleta de mestiços estrangeiros, após um empurrão displicente de um marinheiro negro. Não esqueci o sangue misturado e as aspirações marinhas dos membros da seita na Louisiana, e não me surpreenderia descobrir métodos secretos e agulhas envenenadas tão implacáveis e de um conhecimento tão antigo quanto os ritos e crenças crípticos. Legrasse e seus homens, é verdade, haviam sido deixados em paz; mas na Noruega um certo marinheiro que viu coisas morreu. Teriam as perguntas mais aprofundadas de meu tio, após este ter encontrado as informações do escultor, caído em ouvidos sinistros? Creio que o professor Angell tenha morrido porque sabia demais, ou porque estava propenso a descobrir coisas demais. Se partirei como ele, isso ainda há de ser visto, pois eu agora descobri muitas coisas.

III A Loucura vinda do Mar

Se o céu um dia quiser me conceder uma bênção, será o total apagamento dos resultados de um mero acaso que levaram meus olhos a certo pedaço de papel avulso revestindo uma estante. Não era nada com o que eu normalmente me depararia no curso de minha rotina, pois era uma edição antiga de um jornal australiano, o *Sydney Bulletin*, de 18 de abril de 1925. Havia escapado até do escritório de recortes de imprensa que, na época dessa edição, coletava com avidez material para a pesquisa de meu tio.

Eu havia na maior parte aberto mão de minhas interrogações a respeito do que o professor Angell chamava de "culto a Cthulhu" e estava visitando um amigo erudito em Paterson, Nova Jersey; o curador de um museu da região e um mineralogista renomado. Examinando um dia as amostras reservas mais ou menos dispostas em estantes de armazenamento em uma sala nos fundos do museu, meu olho foi cativado por uma fotografia estranha em um dos jornais antigos estendidos embaixo das pedras. Era o *Sydney Bulletin* que eu mencionara, pois meu amigo tem afiliações amplas em todos os cantos estrangeiros imagináveis e a foto era um recorte reticulado de uma imagem de pedra hedionda quase idêntica à que Legrasse encontrara no pântano.

Ansiosamente livrando a folha de seus conteúdos preciosos, perscrutei a notícia detalhadamente e fiquei desapontado ao descobrir que ela era apenas de tamanho médio. O que ela sugeria, contudo, era de enorme significância para minha busca pendente, e eu cuidadosamente a retirei para agir de imediato. Ela dizia o seguinte:

Mistério dilapidado encontrado no mar

Vigilante chega rebocando iate neozelandês armado e indefeso. Um sobrevivente e um homem morto encontrados a bordo. História de batalha desesperada e mortes no mar. Marujo resgatado se recusa a dar detalhes sobre a estranha experiência. Ídolo estranho encontrado sob sua posse. Interrogatório pendente.

O cargueiro da Morrison Co., o *Vigilante*, vindo de Valparaíso, chegou esta manhã a seu cais no porto de Darling, rebocando o abatido e danificado, mas fortemente armado, iate a vapor *Alerta*, de Dunedin, NZ, que foi visto no dia 12 de abril, em latitude 34° 21' S, longitude 152° 17' O, com um homem vivo e um morto a bordo.

O *Vigilante* saiu de Valparaíso no dia 25 de março e, em 2 de abril, foi bastante desviado na direção sul devido a tempestades excepcionalmente fortes e vagalhões. No dia 12 de abril, o barco dilapidado foi visto e, embora estivesse aparentemente deserto, ao embarcar nele, foram encontrados um sobrevivente em condição semidelirante e um homem que claramente estava morto há mais de uma semana. O homem vivo estava agarrado a um ídolo de pedra horrendo de origem desconhecida, com cerca de 30 centímetros de altura, cuja natureza deixou as autoridades da Universidade de Sydney, da Royal Society e do museu na College Street completamente pasmos e que o sobrevivente diz ter encontrado na cabine do iate, em um pequeno altar esculpido com um padrão comum. O homem, após recuperar os sentidos, contou uma história extremamente estranha de pirataria e morte. Seu nome é Gustaf Johansen, um norueguês de relativa inteligência, e era 2º oficial da escuna de dois mastros *Emma*, de Auckland, que velejava para Callao em 20 de fevereiro com uma tripulação de onze homens. A *Emma*, contou ele, sofreu um atraso, foi desviada na direção sul pela grande tempestade de 1º de março e, no dia 22 de março, em latitude 49° 51' S, longitude 128° 34' O, encontrou o *Alerta*, tripulado por uma equipe estranha e de aparência maligna de canacas e meias-castas. Ordenado terminantemente a dar meia-volta, o capitão Collins se recusou, no que a tripulação estranha começou a disparar com ferocidade e sem aviso contra a escuna com uma artilharia peculiarmente pesada de canhões de latão formando parte do equipamento do iate. Os homens da *Emma* resistiram, disse o sobrevivente e, embora a escuna tivesse começado a afundar devido aos tiros que acertaram debaixo d'água, eles conseguiram ir até o barco inimigo e embarcar nele, lutando contra a tripulação selvagem no convés do iate e sendo forçados a matar todos eles, em número ligeiramente superior, devido ao modo de luta deles, abominável e desesperado, mas um tanto desajeitado.

Três dos homens da *Emma*, incluindo o capitão Collins e o primeiro oficial Green, foram mortos, e os oito remanescentes sob o comando do 2º oficial Johansen continuaram a navegar com o iate capturado, avançando na direção original para ver se havia alguma razão na ordem para que retrocedessem. No dia seguinte, ao que parece, eles se levantaram e desembarcaram em uma ilha pequena, embora não se soubesse de nenhuma ilha naquela parte do oceano; e seis dos homens de alguma forma morreram em terra, embora Johansen seja estranhamente reticente em relação a essa parte da história e apenas mencione que caíram em um fosso rochoso. Depois, aparentemente, ele e um companheiro embarcaram no iate e tentaram controlá-lo, mas foram desviados pela tempestade de 2 de abril. O período entre esse momento e o resgate no dia 12 não é muito lembrado pelo homem, que não se recorda sequer de quando William Briden, seu companheiro, morreu. A morte de Briden não exibe qualquer causa aparente, tendo ocorrido provavelmente por agitação ou insolação. Telegramas de Dunedin relatam que o *Alerta* era conhecido por lá como um comerciante insular e tinha reputação maligna na região portuária. Ele pertencia a um grupo curioso de meias-castas cujas reuniões frequentes e passeios noturnos na floresta atraía mais do que um pouco de curiosidade, e eles haviam zarpado às pressas logo depois da tempestade e dos tremores de 1º de março. Nosso correspondente em Auckland atribui à *Emma* e aos seus tripulantes uma reputação excelente, e Johansen é descrito como um sujeito sóbrio e digno. O almirantado realizará um inquérito a respeito da situação como um todo a partir de amanhã, e todo esforço será feito para induzir Johansen a falar com mais liberdade do que falou até o momento.

Isso era tudo, junto à foto da imagem infernal; mas que sequência de ideias isso iniciou em minha mente! Ali estava um novo tesouro de dados sobre o culto a Cthulhu, além de evidências de que esse tinha interesses estranhos tanto no mar como na terra.

Que motivo levou a tripulação híbrida a embarcar na *Emma* e zarpar com seu ídolo hediondo? Qual era a ilha desconhecida na qual seis dos tripulantes da *Emma* haviam morrido, e sobre a qual o oficial Johansen era tão reservado? O que a investigação do vice-almirantado teria descoberto, e o que era sabido sobre a seita nociva em Dunedin? E, o mais extraordinário de tudo, que ligação profunda e mais do que natural entre as datas era essa que conferia um significado maligno e agora inegável aos vários eventos tão cuidadosamente anotados por meu tio?

No dia 1º de março – 28 de fevereiro para nós, segundo a Linha Internacional de Data –, o terremoto e a tempestade haviam ocorrido. De Dunedin, o *Alerta* e sua tripulação barulhenta dispararam avidamente adiante como se fossem imperiosamente convocados, e do outro lado da Terra poetas e artistas começaram a sonhar com uma cidade estranha, úmida e ciclópica ao passo que um jovem escultor moldava em seu sono a forma do temido Cthulhu. Em 23 de março, a tripulação da *Emma* desembarcou em uma ilha desconhecida e deixou seis homens mortos, e naquele dia os sonhos dos homens sensitivos adquiriram vivacidade elevada e escureceram com a aflição da perseguição de um monstro gigante, ao mesmo tempo que um arquiteto enlouquecera e um escultor de repente sucumbira ao delírio! E quanto a essa tempestade do dia 2 de abril – o dia em que todos os sonhos da cidade úmida acabaram e em que Wilcox emergiu ileso das amarras da estranha febre? E quanto a tudo isso... e às sugestões do velho Castro a respeito dos Antigos, nascidos nas estrelas e afundados, e seu reinado iminente, sua seita fiel *e sua maestria sobre sonhos*? Estaria eu cambaleando à beira de horrores cósmicos além do que o poder do homem é capaz de aguentar? Em caso positivo, devem ser horrores exclusivos da mente, pois de algum modo o segundo dia de abril pôs um fim a qualquer que fosse a ameaça monstruosa que se pusera a cercar a alma humana.

Naquela noite, após um dia apressado de telegramas e providências, despedi-me de meu hóspede e embarquei em um trem para São Francisco. Em menos de um mês, estava em Dunedin; onde, porém, descobri que pouco se sabia sobre os estranhos membros de seita que haviam ficado nas velhas tavernas à beira-mar. A escória da região portuária era comum demais para ser digna de destaque; mas houve uma conversa vaga sobre uma viagem terrestre que um desses mestiços havia feito, durante a qual um ligeiro som de tambor e chamas vermelhas foram percebidas nas colinas distantes. Em Auckland, descobri que Johansen retornara *com o cabelo louro embranquecido* depois de um interrogatório superficial e inconclusivo em Sydney, e em seguida vendera seu chalé na West Street e velejara com sua esposa rumo a seu antigo lar, em Oslo. Acerca dessa experiência emocionante ele não contaria nada além do que já comunicara aos oficiais do almirantado e tudo o que eles puderam fazer foi me dar seu endereço em Oslo.

Depois disso, fui a Sydney e falei improdutivamente com marinheiros e membros da corte do vice-almirantado. Vi o *Alerta*, agora vendido e sob uso comercial, na Circular Quay, em Sydney Cove, mas não obtive nada de sua carga inexpressiva. A imagem agachada com sua cabeça de choco, corpo de dragão, asas escamosas e pedestal com hieróglifos foi preservada no museu no Hyde Park, e eu a estudei bem e por bastante tempo, considerando-a resultado de um artesanato funestamente exímio e com o mesmo completo mistério, antiguidade terrível e estranheza sobrenatural que o material que eu havia observado na versão menor de Legrasse. Geólogos, o curador me dissera, consideraram-no um enigma monstruoso, pois juraram que o mundo não tinha pedra igual àquela. Então, pensei com arrepio no que o velho Castro dissera a Legrasse a respeito dos Grandes Antigos: "Eles haviam vindo das estrelas, e trouxeram Suas imagens junto".

Abalado com tamanha revolução mental como nunca havia conhecido antes, decidi então visitar o oficial Johansen em Oslo. Velejando para Londres, reembarquei imediatamente rumo à capital norueguesa, e desembarquei em um dia de outono no cais asseado à sombra do Castelo de Egeberg. O endereço de Johansen, descobri, ficava no bairro de Old Town, do rei Haroldo Hardrada, que manteve vivo o nome "Oslo" durante todos os séculos nos quais a cidade grande se passou por "Cristiânia". Percorri o breve trajeto de táxi e, com o coração palpitante, bati à porta de um prédio antigo e bem-cuidado com uma fachada de gesso. Uma mulher de semblante triste atendeu meu chamado e senti uma pontada de decepção quando ela me disse em um inglês hesitante que Gustaf Johansen não mais estava entre nós.

Ele não sobrevivera ao retorno, contou a esposa, pois os eventos no mar em 1925 o haviam dilacerado. Ele não contou a ela mais do que havia contado ao público, mas deixou um longo manuscrito – de "assuntos técnicos", ele dissera – escrito em inglês, evidentemente para protegê-la do perigo de uma leitura casual. Durante uma caminhada por uma vereda próxima ao porto de Gotenburgo, uma pilha de papéis caídos da janela de um sótão o derrubaram. Dois marinheiros lascarins imediatamente o ajudaram a se levantar mas, antes que a ambulância pudesse chegar, ele morreu. Os médicos não encontraram causa definitiva da morte e a atribuíram a problemas cardíacos e a uma condição debilitada.

Agora sentia roendo meus órgãos vitais o terror sombrio que nunca me abandonará até que eu também encontre o descanso eterno, de forma "acidental" ou não. Após convencer a viúva de que minha conexão com os "assuntos técnicos" de seu marido era suficiente para me deixar encarregado do manuscrito, recolhi o documento e comecei a lê-lo no barco para Londres. Era uma coisa simples e divagante – a tentativa de um marujo ingênuo de fazer um diário posterior ao fato – e buscava recordar dia a dia aquela última e terrível viagem. Não posso tentar transcrevê-lo *ipsis litteris*, com toda a sua nebulosidade e redundância, mas contarei o essencial para mostrar por que o som da água contra as laterais da embarcação se tornaram tão insuportáveis para mim que tive de encher minhas orelhas com algodão.

Johansen, graças a Deus, não sabia de tudo, embora tivesse visto a cidade e a Coisa, mas nunca terei outra vez uma noite calma de sono ao pensar nos horrores que espreitam incessantemente atrás da vida no tempo e no espaço, e dessas blasfêmias profanas vindas de estrelas anciãs e que sonham debaixo do mar, conhecidas e agraciadas por uma seita pesadelar pronta e ávida para soltá-las ao mundo assim que outro terremoto trouxer sua cidade de pedra monstruosa novamente para o sol e para o ar.

A viagem de Johansen começou do mesmo modo que ele havia contado ao vice-almirantado. A *Emma*, lastreada, havia saído de Auckland dia 20 de fevereiro, e ele sentiu a força total da tempestade nascida de um terremoto que deve ter puxado do fundo do mar os horrores que preencheram os sonhos de homens. Novamente sob controle, o navio progredia bem quando foi atacado pelo *Alerta* no dia 22 de março, e eu conseguia sentir o arrependimento do oficial ao escrever sobre o bombardeio e o naufrágio. Dos fanáticos de seita morenos no *Alerta* ele fala com horror considerável. Havia um aspecto peculiarmente abominável naqueles homens que tornava a destruição deles parecer quase um dever, e Johansen mostra uma perplexidade ingênua diante da investida implacável realizada contra seu grupo durante os procedimentos na corte de inquérito. Então, impulsionados por sua curiosidade no iate capturado e sob o comando de Johansen, os homens avistaram um grande pilar de pedra saindo do mar e, em latitude 47° 9' S, longitude 126° 43 O, chegaram a uma linha costeira de uma mistura de lama, gosma e alvenaria ciclópica e relvosa que não pode ser nada menos do que a substância tangível do terror supremo da terra: a cidade-cadáver pesadelar de R'lyeh, construída a eras incomensuravelmente anteriores à História pelas formas enormes e odiosas que desceram das estrelas escuras. Ali jazia o grande Cthulhu e suas hordas, escondidas em criptas verdes e viscosas e finalmente enviando, após uma incalculabilidade de ciclos, os pensamentos que espalharam o medo nos sonhos dos sensitivos e chamaram imperiosamente os fiéis para uma peregrinação de liberação e restauração. De nada disso Johansen suspeitava, mas Deus é testemunha de que ele logo viu o suficiente!

Suponho que apenas um cume da hedionda cidadela coroada por um monólito na qual o grande Cthulhu estava sepultado efetivamente emergiu das águas. Quando penso na *extensão* de tudo que pode estar latente lá embaixo, quase desejo me suicidar de imediato. Johansen e seus homens ficaram pasmos com a imponência cósmica dessa Babilônia encharcada de demônios anciães e devem ter suposto sem orientação que ela não pertencia a este ou a qualquer planeta são. O estarrecimento ante o tamanho inacreditável dos blocos de pedra esverdeados, da altura estonteante do grande monólito esculpido e da identidade embasbacante das estátuas colossais e baixos-relevos com a imagem insólita encontrada no altar do *Alerta* é de uma contundência visível em cada linha da descrição apavorada do oficial.

Sem saber como é o futurismo, Johansen realizou algo bem próximo ao falar sobre a cidade; em vez de descrever qualquer estrutura ou prédio preciso, ele dedica sua atenção apenas a impressões gerais de ângulos vastos e superfícies rochosas – superfícies grandes demais para pertencer a qualquer coisa correta ou adequada nesta terra, e ímpias com suas imagens e hieróglifos horríveis. Menciono seu comentário sobre "ângulos" porque ele sugere algo que Wilcox me relatou acerca de seus sonhos terríveis. Ele disse que a *geometria* do lugar onírico que vira era anormal, não euclidiana e odiosamente evocatória de esferas e dimensões separadas das nossas. Agora um marujo iletrado sentia a mesma coisa enquanto se deparava com a realidade terrível.

Johansen e seus homens desembarcaram em um leito enlameado e inclinado nessa acrópole monstruosa, e escalaram aos escorregos os blocos gosmentos e titânicos que não poderiam configurar uma escadaria de mortais. O próprio sol no céu parecia distorcido quando visto através do miasma polarizador saído dessa perversão ensopada de água do mar e uma ameaça e suspense espreitavam com malícia naqueles ângulos insanamente intangíveis de pedra esculpida que a um segundo olhar mostrava concavidade, sendo que ao primeiro mostrara convexidade.

Algo muito análogo a terror acometeu todos os exploradores antes que qualquer imagem mais decisiva do que rocha, gosma e mato fossem vistos. Cada um deles teria fugido se não temessem o escárnio dos demais, e era sem convicção que buscavam – em vão, como se provou – por algum *souvenir* portátil para levarem consigo.

Foi o português Rodriguez que subiu até a base do monólito e gritou quanto ao que tinha achado. Os demais o seguiram e olharam curiosos para a imensa porta esculpida com o agora familiar baixo-relevo de lula-dragão. Era, disse Johansen, como uma grande porta de celeiro, e todos acreditavam se tratar de uma porta por causa do lintel, patamar e moldura ornados ao redor dela, embora não conseguissem decidir se ela se deitava como um alçapão ou se abria de maneira inclinada, como uma porta externa de porão. Como Wilcox teria inferido, a geometria do lugar era toda errada. Não era possível ter certeza de que o mar e o chão eram horizontais e, portanto, a posição relativa de tudo parecia fantasmagoricamente variável.

Briden empurrou a rocha em várias partes sem obter resultado. Em seguida, Donovan tateou os cantos dela com delicadeza, pressionando cada ponto separadamente enquanto, ao fazê-lo, subiu interminavelmente pela moldagem de pedra grotesca – isto é, estaria subindo, caso a coisa não fosse horizontal no fim das contas – e os homens se questionaram como qualquer porta no universo poderia ser tão vasta. Então, suave e lentamente, a placa de meio hectare começou a ceder para dentro no topo e eles perceberam que ela estava equilibrada. Donovan deslizou ou, de alguma forma, se lançou pela borda, reunindo-se a seus colegas, e todos olharam o recuo estranho do portal monstruosamente esculpido. Nessa fantasia de distorção prismática, ele se movia de modo anômalo e diagonal, e assim todas as leis materiais e de perspectiva pareciam perturbadas.

A abertura era preta e de uma escuridão quase palpável. Essa tenebrosidade era na verdade um *aspecto positivo*, pois obscurecia partes das paredes internas que deveriam ter sido reveladas, e efetivamente avançou como fumaça de seu aprisionamento de eras, visivelmente escurecendo o sol conforme subia sinuoso até o céu encolhido e semi-iluminado com o bater de asas membranosas. O odor ascendente das profundezas recém-abertas era intolerável e, à distância, Hawkins, bom de ouvido, pensou ter escutado um som asqueroso de chape vindo lá de baixo. Todos prestaram atenção, e todos ainda estavam com os ouvidos atentos quando Ele ficou à vista, a passos arrastados, babando, e espremeu sua imensidade verde e gelatinosa através da passagem negra a fim de se expor ao ar exterior comprometido daquela cidade venenosa de loucura.

A escrita do pobre Johansen quase cedeu enquanto escrevia a respeito disso. Dos seis homens que nunca chegaram ao navio, ele crê que dois faleceram de puro susto naquele momento maldito. A Coisa não podia ser descrita; não há língua para tais abismos de desvario imemorial e guinchante, para tais contradições extranaturais de toda matéria, força e ordem cósmica. Uma montanha andava ou cambaleava. Meu Deus! É de se admirar que, na extensão do globo, um grande arquiteto enlouquecera e o pobre Wilcox delirara com febre naquele instante telepático? A Coisa dos ídolos, a cria verde e pegajosa das estrelas, havia despertado para reivindicar o que era d'Ele. As estrelas estavam certas novamente e o que uma seita antiquíssima falhara em fazer de propósito, um grupo de marujos inocentes fizera por acidente. Após vigintilhões de anos, o grande Cthulhu estava solto outra vez e caçava o deleite.

Três homens foram pegos pelas garras flácidas antes que qualquer um deles se virasse. Que Deus lhes dê o descanso, se há descanso no universo. Eram Donovan, Guerrera e Ångstrom. Parker escorregou enquanto os outros três se lançavam freneticamente por sobre paisagens sem-fim de rochas de crosta verde em direção ao barco; Johansen jura que o colega foi engolido por um ângulo de alvenaria que não deveria estar onde estava, um ângulo agudo, mas que se comportava como se fosse obtuso. Então, apenas Briden e Johansen chegaram ao barco, e puxaram desesperadamente a âncora do *Alerta* enquanto a monstruosidade montanhosa desceu desajeitadamente pelas rochas pegajosas e hesitou, debatendo-se à beira da água.

O vapor ainda não havia cessado por completo, apesar da saída de toda a tripulação para a terra; e bastaram alguns momentos de correria agitada entre leme e motores para fazer o *Alerta* seguir. Devagar, em meio aos horrores distorcidos daquela cena indescritível, o barco começou a agitar as águas mortais, ao passo que, na alvenaria daquela praia espectral que não era terrena, a Coisa titânica das estrelas babava e balbuciava como Polifemo amaldiçoando o navio em fuga de Odisseu. Então, mais audacioso do que o ciclope da história, o grande Cthulhu deslizou gordurosamente para dentro da água e deu início à perseguição, com várias braçadas cuja potência cósmica levantava ondas. Briden olhou para trás e enlouqueceu, dando risos estridentes e continuando a rir de forma intervalada até que a morte o encontrasse determinada noite na cabine enquanto Johansen perambulava em delírio.

Mas Johansen ainda não havia sucumbido. Sabendo que a Coisa podia certamente alcançar o *Alerta* antes que o barco ficasse a todo vapor, ele decidiu assumir um risco desesperado e, elevando o motor à velocidade máxima, correu tal qual relâmpago para o convés e virou o leme por completo. Havia um forte contrafluxo e espumas na água marinha barulhenta e, conforme o vapor aumentava mais e mais, o norueguês corajoso dirigiu sua embarcação de encontro à gelatina em perseguição, que se erguia da espuma suja como a popa de um galeão demoníaco. A horrível cabeça de lula com apêndices retorcidos foi até quase o gurupés do iate robusto, mas Johansen seguiu irredutível. Houve um estouro, como a explosão de uma membrana, uma nojeira lodosa como a de um peixe-lua dissecado, um fedor como o de milhares de covas abertas e um som que o autor não colocaria no papel. Por um instante, o navio foi maculado por uma nuvem verde acre e cegante, e havia apenas um borbulhar peçonhento à popa, onde... Deus do céu! A plasticidade espalhada daquela prole do céu sem nome *remontava* nebulosamente sua odiosa forma original, enquanto sua distância aumentava a cada segundo, uma vez que o *Alerta* ganhara ímpeto do vapor crescente.

Isso era tudo. Depois disso, Johanssen apenas se remoeu diante do ídolo na cabine e tratou de questões de comida para si e para o maníaco que ria ao seu lado. Ele não tentou navegar depois da primeira fuga audaciosa, pois a reação tomara algo de sua alma. Então, veio a tempestade de 2 de abril, e uma reunião de nuvens sobre sua consciência. Há uma sensação de giro espectral pelos golfos líquidos do infinito, de viagens estonteantes por universos rodopiantes na cauda de um cometa e de mergulhos histéricos do abismo para a lua e da lua de volta para o abismo, tudo isso vivificado por um coro de gargalhada dos deuses anciães, distorcidos e alegríssimos, e pelos demônios verdes zombeteiros do Tártaro.

Desse sonho veio o resgate: o *Vigilante*, a corte do vice-almirantado, as ruas de Dunedin e a longa viagem de volta ao lar, na velha casa perto de Egeberg. Ele não podia contar – pensariam que estava louco. Ele escreveria sobre o que sabia antes do advento da morte, mas a esposa não podia adivinhar. A morte seria uma bênção se ele pudesse apagar as memórias.

Tal foi o documento que li, e agora o deixei na caixa de estanho ao lado do baixo-relevo e dos papéis do professor Angell. Com isso, deve perdurar este registro meu; este teste de minha própria sanidade, no qual é concatenado o que espero que nunca seja concatenado de novo. Olhei para todo o horror que o universo tem a oferecer e mesmo os céus da primavera e as flores do verão devem eternamente ser veneno para mim. Mas não creio que minha vida será longa. Assim como meu tio partiu, como o pobre Johansen partiu, também devo partir. Sei demais, e a seita ainda vive.

Cthulhu também vive, suponho, novamente no abismo que o protegera desde que o sol era jovem. Sua cidade maldita está novamente afundada, pois o *Vigilante* navegou sobre aquele ponto depois da tempestade de abril, mas seus sacerdotes na terra ainda berram e empinam e assassinam ao redor de monólitos sob ídolos em lugares remotos. Ele deve ter sido aprisionado pelo afundamento enquanto estava em seu abismo negro; caso contrário, o mundo estaria a essa altura gritando com terror e frenesi. Quem sabe o final? O que se ergueu pode afundar, e o que afundou pode se erguer. O hediondo aguarda e sonha nas profundezas, e a degradação se espalha pelas cidades claudicantes dos homens. Um tempo virá... mas não devo e não posso pensar! Permita-me a prece de que, caso eu não dure mais do que este manuscrito, meus executores coloquem a cautela à frente da audácia e garantam que ele não chegue a mais nenhum olho.

A SOMBRA EM INNSMOUTH

I

Durante o inverno de 1927-1928, oficiais do governo federal realizaram uma investigação estranha e secreta a respeito de certas condições na antiga cidade portuária de Innsmouth, em Massachusetts. O público soube disso pela primeira vez em fevereiro, quando uma vasta série de operações e prisões ocorreram, seguidas pela queima e dinamitação – com as precauções adequadas – de um enorme número de casas deterioradas, carcomidas e supostamente desocupadas ao longo do litoral abandonado. Almas incuriosas descartaram essa ocorrência como um dos grandes confrontos em uma guerra espasmódica contra bebidas alcoólicas.

Os leitores de notícias mais ávidos, no entanto, surpreenderam-se com o altíssimo número de prisões, a quantidade anormalmente grande de pessoas utilizadas para realizá-las e o sigilo em torno do que foi feito com os prisioneiros. Nenhum julgamento ou sequer acusação formal foram relatados; nenhum dos detentos foi posteriormente visto nas cadeias normais do país. Houve declarações vagas sobre doenças e campos de concentração e depois sobre a dispersão em várias prisões navais e militares, mas nenhuma confirmação foi revelada. Innsmouth em si ficou quase sem população, e mesmo agora está apenas começando a mostrar sinais de uma revitalização vagarosa.

Reclamações de várias organizações liberais foram respondidas com longas discussões confidenciais, e representantes foram levados a viagens rumo a certos campos e prisões. Como resultado, as sociedades em questão se tornaram surpreendentemente passivas e reticentes. Os jornalistas eram os mais difíceis de lidar, mas na maioria das vezes pareciam cooperar com o governo no fim das contas. Apenas um jornal – um tabloide sempre ignorado por sua linha editorial disparatada – mencionou o submarino de mergulho profundo que disparou torpedos no abismo marinho logo adiante do Recife do Diabo. A notícia, obtida por acaso em um local frequentado por marinheiros, parecia de fato bastante inverossímil, visto que o recife baixo e negro fica a cerca de 2,5 quilômetros do porto de Innsmouth.

As pessoas pelo país afora e nas cidades próximas murmuravam bastante entre si, mas diziam muito pouco ao mundo exterior. Falaram sobre a moribunda e semideserta Innsmouth por quase um século, e nada de novo poderia ser mais absurdo ou mais horrendo do que aquilo que sussurraram e sugeriram anos antes. Muitas coisas ensinaram a eles o sigilo, e não era necessário pressioná-los para isso. Além do mais, na verdade sabiam bem pouco, pois os largos pântanos salgados, arruinados e despovoados mantinham vizinhos separados de Innsmouth por terra.

Mas eu enfim desafiarei o veto a declarações a respeito disso. Os resultados, tenho certeza, foram tão minuciosos que nenhum dano público além do choque de repulsa poderia se formar de uma alusão ao que foi encontrado por aqueles policiais horrorizados em Innsmouth. Além disso, o que foi encontrado talvez tenha mais de uma explicação. Não sei quanto da história toda foi contada até mesmo para mim, e tenho muitas razões para não desejar saber mais. Pois meu contato com esse assunto foi mais próximo do que de qualquer outro leigo e retirei disso impressões que ainda podem me levar a medidas drásticas.

Fui eu quem fugiu freneticamente de Innsmouth no começo da manhã em 16 de julho de 1927 e foram minhas as súplicas ao governo para investigar e agir que levaram ao episódio relatado. Estava suficientemente disposto a ficar silencioso enquanto a questão era recente e incerta; mas agora que é uma história conhecida, passados o interesse público e a curiosidade, tenho um estranho desejo de sussurrar sobre aquelas poucas horas horripilantes naquela cidade portuária rodeada de boatos negativos e sombras sórdidas, naquela cidade de morte e anormalidade blasfema. O mero ato de contar me ajuda a recuperar a confiança em minhas faculdades; a assegurar que não fui simplesmente o primeiro a sucumbir a uma alucinação contagiosa e lúgubre. Me ajuda também a me decidir a respeito de um certo passo terrível que tenho diante de mim.

Nunca ouvi falar de Innsmouth até o dia em que a vi pela primeira e – até o momento – última vez. Estava celebrando o fato de ter chegado à idade adulta com uma viagem pela Nova Inglaterra – de aspecto turístico, genealógico e de antiquariato – e planejara ir da antiga Newburyport diretamente para Arkham, de onde minha mãe vinha. Eu não tinha carro, mas viajava de trem, bonde e ônibus motorizado, sempre buscando a rota mais barata possível. Em Newburyport me disseram que o trem a vapor era o melhor jeito de chegar a Arkham; e foi apenas na bilheteria da estação, quando hesitava ante o alto preço da passagem, que fiquei sabendo sobre Innsmouth. O bilheteiro corpulento de rosto astuto cuja prosódia o revelava como alguém que não era da região parecia compadecido com meu esforço para economizar e fez uma sugestão que nenhum de meus demais informantes havia oferecido.

– Você *poderia* embarcar naquele ônibus velho, acho – disse com certa hesitação. – Mas ele não é muito benquisto por aqui.

Passa por Innsmouth; talvez você já tenha ouvido falar de lá. Por isso, as pessoas não gostam. Conduzido por um sujeito de Innsmouth, Joe Sargent, mas nunca consegue clientes aqui, ou em Arkham, creio eu. Sabe-se lá por que continua andando. Imagino que custe pouco, mas nunca vi mais que duas ou três pessoas dentro... ninguém além desse pessoal de Innsmouth. Ele sai da praça de frente para a Farmácia de Hammond às 10 da manhã e às 7 da noite a não ser que tenham mudado recentemente. Parece um péssimo calhambeque... Nunca andei nele.

Essa foi a primeira menção que ouvi à sombria Innsmouth. Qualquer referência a uma cidade que não aparecia nos mapas comuns ou na lista de guias turísticos recentes teria me interessado e a forma de alusão esquisita do bilheteiro despertou algo similar a curiosidade legítima. Uma cidade capaz de inspirar tamanho desgosto em seus vizinhos, pensei, deve ser um lugar um tanto atípico, e digno da atenção de um turista. Se ela fosse antes de Arkham, faria uma parada lá; então, pedi ao bilheteiro que me contasse algo a respeito dela. Ele foi calculado na resposta, e falou com um ar de quem se sentia ligeiramente superior àquilo que dizia.

– Innsmouth? Bem, é uma cidade esquisita na foz do rio Manuxet. Era quase uma cidade grande, um porto considerável antes da guerra de 1812, mas tudo caiu aos pedaços nos últimos cem anos. Não tem ferrovias agora; a B&M nunca passou por lá e o ramal ferroviário de Rowley foi descartado há anos.

"Mais casas vazias do que gente, imagino, e nenhum negócio propriamente dito além de pesca de peixes e lagostas. Todos comercializam geralmente aqui ou em Arkham ou Ipswich. Houve um tempo em que eles tinham algumas fábricas, mas não sobrou nada fora uma refinaria de ouro que opera pelo que mal pode ser chamado de meio período.

"Essa refinaria, contudo, já foi coisa grande, e o Velho Marsh, que é dono dela, deve ser mais rico que Creso. Mas é um sujeito esquisito e fica bem enfurnado na própria casa. Supostamente adquiriu uma doença ou deformação de pele com a idade avançada que o faz ficar fora de circulação. É neto do capitão Obed Marsh, que fundou o negócio. Sua mãe aparentemente era estrangeira, dizem que de uma das ilhas do Pacífico Sul, então todos se revoltaram quando ele se casou com uma garota de Ipswich cinquenta anos atrás. Sempre agem assim com gente de Innsmouth, e os moradores daqui e dos arredores sempre tentam encobrir qualquer sangue de Innsmouth que tiverem. Mas os filhos e netos do Marsh não parecem diferentes de ninguém, pelo que vejo. Já os apontaram para mim aqui... embora, parando pra pensar, os filhos mais velhos não parecem vir para esses lados há um tempo. O velho em si eu nunca vi.

"E o que todo mundo tem contra Innsmouth? Bem, meu jovem, você não deve pensar muito no que as pessoas daqui dizem. É difícil fazê-las começar a falar, mas, quando começam, nunca param. Elas falam coisas sobre Innsmouth, quase sempre aos sussurros, faz cem anos, acho, e imagino que estejam mais assustadas do que qualquer outra coisa. Algumas das histórias fariam você rir: sobre o velho capitão Marsh barganhando com o diabo e trazendo demônios do inferno para viver em Innsmouth ou sobre algum modo de adoração ao diabo e sacrifícios terríveis em um lugar perto dos cais com os quais as pessoas se depararam mais ou menos em 1845... mas eu sou de Panton, em Vermont, e esse tipo de história não me convence.

"Mas você precisa ouvir o que alguns da velha guarda contam do recife negro perto da costa; chamam de Recife do Diabo. Fica bem acima da água por boa parte do tempo e nunca muito abaixo, mas não dá para dizer que é uma ilha. A história é que há uma legião inteira de demônios às vezes vistos naquele recife: com os corpos espalhados ou entrando e saindo de cavernas de algum tipo perto do topo. É um lugar acidentado e irregular, a uns dois quilômetros da costa, e no fim de dias de navegação os marinheiros faziam grandes desvios só para evitá-lo.

"Isto é, marinheiros que não fossem de Innsmouth. Uma das coisas que tinham contra o velho capitão Marsh é que ele supostamente desembarcava ali às vezes à noite, quando a maré estava certa. Talvez ele o fizesse, pois, se me permite dizer, a formação rochosa era interessante, e é minimamente possível que estivesse procurando por tesouro de piratas e talvez o encontrando, mas havia conversas sobre ele fazendo pactos com os demônios ali. O fato é que acho que, no geral, foi na verdade o capitão que deu a má reputação ao recife.

"Isso foi antes da grande epidemia de 1846, quando metade do pessoal de Innsmouth faleceu. Eles nunca descobriram exatamente o que ocorreu, mas é provável que tenha sido algum tipo de doença estrangeira trazida da China ou outro lugar pelos barcos. Com certeza foi grave: houve revoltas por causa disso, além de todo tipo de atrocidades que, creio eu, nunca saíram da cidade. Deixou o lugar em péssimo estado. Jamais se recuperou; não deve haver mais do que trezentas ou quatrocentas pessoas morando lá hoje.

– Mas o verdadeiro motivo pelo modo que as pessoas se sentem é simples preconceito racial. E não estou dizendo que condeno quem o tenha: eu mesmo detesto esse povo de Innsmouth e não tenho interesse de ir para a cidade deles. Acho que você sabe, embora posso ver que é do oeste pelo modo que fala, que muitos dos nossos navios da Nova Inglaterra estavam ligados a portos estranhos na África, Ásia, Pacífico Sul e em todos os demais lugares, e que tipos estranhos às vezes as embarcações traziam. Provavelmente já ouviu sobre o homem de Salem que voltou com uma esposa chinesa e talvez saiba que ainda há um monte de gente das ilhas Fiji em algum lugar do Cabo Cod.

– Bem, deve haver algo assim com o povo de Innsmouth. O lugar sempre foi severamente separado do restante do país por pântanos e córregos, e não podemos ter certeza sobre o vaivém da situação; mas é bem claro que o velho capitão Marsh deve ter trazido alguns desses espécimes estranhos quando tinha todos os seus três barcos em atividade nas décadas de 1920 e 1930. Certamente há um aspecto um tanto estranho no pessoal de Innsmouth hoje… Não sei como explicar, mas meio que faz você se retrair. Você vai perceber de leve em Sargent se pegar o ônibus. Alguns deles têm cabeças estranhamente estreitas com narizes achatados e olhos esbugalhados que o encaram aparentemente sem nunca piscar. E algo não está certo com a pele deles: áspera e com cascas, e as laterais do pescoço são todas enrugadas ou dobradas. Também ficam calvos bem jovens. Os mais velhos têm a pior aparência… a propósito, acho que nunca vi um sujeito muito mais velho daquela gente. Acho que devem morrer de olhar no espelho! Os animais os detestam; tinham muitos problemas com cavalos antes dos automóveis.

"Ninguém daqui ou de Arkham ou de Ipswich quer ter alguma relação com eles, e eles também agem de forma arredia quando vêm à cidade ou quando alguém tenta pescar na região deles. Esquisito como os peixes sempre se concentram no porto de Innsmouth quando não há mais ninguém por lá… mas tente pescar ali e verá como o enxotam! Essa gente antes vinha para cá pela ferrovia, andando e pegando o trem em Rowley depois que o ramal foi abandonado; mas agora usam aquele ônibus.

"Sim, há um hotel em Innsmouth, chamado Casa dos Gilman, mas não acho que seja grande coisa. Não recomendaria. Melhor passar a noite aqui e depois pegar o ônibus das dez amanhã; depois, você pode pegar o ônibus da noite de lá para Arkham às oito. Houve um inspetor de fábrica que se pernoitou no Gilman uns anos atrás, e tinha várias insinuações desagradáveis sobre o lugar. Parece que recebem uma gente esquisita lá, pois o sujeito ouviu vozes nos outros cômodos, sendo que maioria deles estava vazia, e elas o fizeram se arrepiar. Era uma língua estrangeira, ele achava, mas disse que o que era ruim era o tipo de voz que às vezes falava. Soava tão anormal, chapinhante, segundo ele, de modo que não foi capaz de se despir e dormir. Apenas esperou e saiu dali assim que pôde de manhã. A conversa se estendera pela noite quase inteira.

"Esse sujeito, o nome dele era Casey, tinha muito a dizer sobre como o povo de Innsmouth o observava e parecia com a guarda levantada. Ele achou a refinaria Marsh um lugar esquisito: é uma fábrica velha nas últimas quedas-d'água do Manuxet. O que ele disse condizia com o que eu havia escutado. Documentação em mau estado e nenhum registro claro de negócios de nenhum tipo. Sabe, sempre foi um certo mistério de onde os Marsh obtêm o ouro que refinam. Parecem nunca realizar muitas compras nesse ramo, mas anos atrás despacharam um lote enorme de lingotes.

"Falava-se de um tipo de joalheria estrangeira esquisita que os marinheiros e refinadores às vezes vendiam por fora, ou que foi visto uma ou outra vez vestido por mulheres da família Marsh. As pessoas cogitaram que talvez o capitão Obed a obteve comercializando em algum porto pagão, especialmente visto que ele sempre encomendava pilhas de contas de vidro e bugigangas que homens do mar às vezes usavam para comércio com povos nativos. Outros pensavam e ainda pensam que ele encontrou um antigo esconderijo pirata no Recife do Diabo. Mas aí está um fato engraçado. O velho capitão está morto faz sessenta anos, e não tem um navio de tamanho bom fora da região desde a Guerra Civil, mas ainda assim os Marsh continuam comprando um pouco dessas coisas de comércio nativo, no geral quinquilharias de vidro e borracha, segundo eles. Talvez essa gente de Innsmouth goste de olhar para si... Deus sabe que devem ser tão ruins quanto os canibais do Pacífico Sul ou os selvagens da Guiné.

"Aquela epidemia de 46 deve ter acabado com o melhor sangue de lá. Enfim, hoje em dia são um povo duvidoso, e os Marsh e os outros ricos não são melhores. Como disse, provavelmente não tem mais que quatrocentas pessoas na cidade inteira, apesar de todas as ruas que eles dizem que existem. Acho que são o que chamam de "lixo branco" lá no sul: clandestinos e maliciosos, e cheios de negócios secretos. Eles conseguem um monte de peixe e lagosta e exportam de caminhão. Estranho como os peixes se concentram bem ali e em mais nenhum lugar.

"Ninguém consegue acompanhar o que essa gente faz, e autoridades escolares estaduais e funcionários do censo passam por uns maus bocados. Pode apostar que estranhos curiosos não são bem-vindos em Innsmouth. Ouvi pessoalmente de mais de um homem de negócios ou do governo que desapareceram por lá, e corre à boca miúda que um deles enlouqueceu e está internado no Danvers. Eles devem ter providenciado um tremendo susto no sujeito.

"Por isso eu não iria à noite se fosse você. Nunca estive ali e não tenho desejo de ir, mas imagino que uma viagem pelo dia não lhe fará mal, embora as pessoas por aqui não aconselhem que você a faça. Se está apenas passeando e procurando coisas antigas, Innsmouth pode ser um lugar e tanto para você."

Então passei parte daquela noite na biblioteca pública de Newburyport olhando informações sobre Innsmouth. Quando tentei perguntar aos habitantes locais nas lojas, lanchonetes, oficinas mecânicas e no posto de bombeiros, descobri que era mais difícil de fazê-los falar do que o bilheteiro havia previsto e me dei conta de que não tinha tempo para vencer suas reticências instintivas. Eles tinham uma forma de desconfiança obscura, como se houvesse algo de errado com alguém interessado demais em Innsmouth. Na ACM, onde eu estava alojado, o recepcionista apenas desencorajou que eu fosse a um lugar tão deplorável e decadente, e as pessoas na biblioteca tiveram a mesma atitude. Claramente, nos olhos dos estudados, Innsmouth era apenas um caso exagerado de degeneração cívica.

O histórico do condado de Essex nas estantes da biblioteca tinha pouco a dizer, exceto que a cidade foi fundada em 1643, era conhecida por construir navios antes da Revolução, foi um lugar de ampla prosperidade marinha no início do século XIX, e posteriormente um centro de fábricas menor usando o Manuxet como fonte de energia. A epidemia e as revoltas de 1846 eram abordadas esparsamente, uma vez que constituíam um demérito ao condado.

As referências à decadência eram poucas, embora a significância do registro mais recente fosse inconfundível. Após a Guerra Civil, toda a vida industrial se restringia à Companhia de Refinação Marsh e a comercialização de lingotes de ouro formava a única remanescência de grande comércio além da eterna pesca. Essa pesca rendia cada vez menos dinheiro, uma vez que o preço do produto caiu e corporações em larga escala trouxeram competição, mas nunca houve falta de peixes no Porto de Innsmouth. Estrangeiros raramente paravam por lá e havia evidências discretamente veladas de que uma série de polacos e portugueses que o tentaram foram dispersos de maneira peculiarmente drástica.

O mais interessante de tudo era uma referência tangencial à estranha joalheria vagamente associada a Innsmouth. Ela tinha claramente impressionado bastante toda a região interiorana, pois foram feitas menções a amostras no museu da universidade Miskatonic em Arkham, e na sala de exposição da Sociedade Histórica de Newburyport. As descrições fragmentárias dessas coisas eram enxutas e diretas, mas sugeriam a mim uma tendência de estranheza persistente. Algo nelas parecia tão estranho e provocativo que não consegui tirá-las da mente e, apesar de estar relativamente tarde, decidi olhar a amostra local – que diziam ser uma coisa grande e de proporções estranhas que evidentemente era para ser uma tiara –, se isso pudesse ser providenciado.

A bibliotecária me introduziu à curadora da Sociedade, a senhorita Anna Tilton, que morava nas proximidades, e após uma breve explicação aquela antiga dama foi gentil o suficiente para me conduzir pelo prédio fechado, já que não estava absurdamente tarde. A coleção era de fato notável, mas no humor do momento eu não tinha olhos para mais nada além do objeto bizarro que brilhava em uma cristaleira de canto sob luzes elétricas.

Não precisei ser excepcionalmente sensível a beleza para literalmente perder o fôlego diante do esplendor estranho e sobrenatural da fantasia alienígena e opulenta que repousava ali em uma almofada de veludo roxa. Mesmo agora mal consigo explicar o que vi, embora claramente fosse algum tipo de tiara, como a descrição dissera. Era alta na frente e tinha uma periferia bem grande e curiosamente irregular, como se tivesse sido projetada para uma cabeça de contorno bizarramente elíptico. O material parecia ser predominantemente ouro, embora um brilho esquisito e ligeiramente mais claro sugerisse uma liga estranha com um metal tão belo quanto e dificílimo de identificar. Sua condição era quase perfeita, e era possível passar horas estudando os desenhos impressionantes e enigmaticamente heterodoxos – alguns apenas geométricos, alguns puramente marinhos – entalhados ou moldados em alto-relevo em sua superfície com um artesanato de habilidade e graça incríveis.

Quanto mais eu olhava, mais a coisa me fascinava; e nesse fascínio havia um elemento curiosamente perturbador e difícil de classificar ou de levar em conta. A princípio, decidi que era o aspecto estranho e ultraterrestre da arte que me causava desconforto. Todas as outras peças de arte que havia visto antes ou eram pertencentes a alguma corrente racial ou nacional ou eram contestações conscientemente modernistas de todas as correntes reconhecidas. Essa tiara não era nenhum dos dois. Era evidente que pertencia a alguma técnica definida de maturidade e perfeição infinitas; no entanto, essa técnica era totalmente desvencilhada de qualquer uma – oriental ou ocidental, antiga ou moderna – que eu já tivesse ouvido a respeito ou visto exemplificada. Era como se o trabalho artesanal fosse de outro planeta.

Porém, logo vi que meu desconforto tinha uma fonte adicional e talvez igualmente potente, residente nas sugestões pictóricas e matemáticas dos desenhos estranhos. Os padrões todos aludiam a segredos remotos e abismos inimagináveis no tempo e espaço, tornando a monótona natureza aquática dos relevos quase sinistra. Entre esses relevos havia monstros abomináveis em sua bizarrice e malignidade – de sugestão metade ictióidea e metade batráquia – que não era possível dissociar de certa sensação desconfortável e atormentadora de pseudomemória, como se remetessem a alguma imagem na profundeza de células e tecidos cujas funções retentoras são completamente primitivas e assombrosamente ancestrais. Em certos momentos, imaginei que cada contorno desses peixes-rãs transbordava a quintessência definitiva do mal desconhecido e desumano.

Contrastando estranhamente com o aspecto da tiara, havia seu histórico breve e banal conforme relatado pela senhorita Tilton. Ela havia sido penhorada por uma quantia ridícula em uma loja na State Street em 1873, por um homem bêbado de Innsmouth que pouco depois foi morto em uma briga. A Sociedade a adquirira diretamente do penhorista, e de imediato lhe deu um mostrador digno de sua qualidade. Foi indicado como provavelmente procedente das Índias Orientais ou da Indochina, embora a atribuição fosse abertamente provisória.

A senhorita Tilton, comparando todas as hipóteses possíveis a respeito de sua origem e sua presença na Nova Inglaterra, estava propensa a acreditar que ela compunha algum depósito secreto de piratas descoberto pelo velho capitão Obed Marsh. Essa interpretação certamente não era prejudicada pelas insistentes ofertas de comprá-la por um alto preço que os Marsh começaram a fazer assim que ficaram cientes de sua presença e que repetem até hoje, apesar da determinação invariável da Sociedade de não a vender.

Enquanto a boa senhora me levava à saída do prédio, ela deixou claro que a teoria pirata da fortuna de Marsh era popular entre os inteligentes da região. Sua atitude em relação à sombria Innsmouth – que ela nunca havia visto – era de aversão de uma comunidade decaindo em cultura; ela também me assegurou que os rumores de adoração ao diabo eram parcialmente justificados por uma seita secreta peculiar que ganhara força lá e que consumira todas as igrejas ortodoxas.

Era chamada, ela disse, "A Ordem Esotérica de Dagon" e era sem dúvida uma coisa baixa e semipagã importada do Oriente um século antes, numa época em que a pesca em Innsmouth parecia sofrer com escassez. Sua persistência entre um povo simplório era bastante natural em vista do retorno repentino e permanente de pesca abundante e de qualidade, e logo se tornou a maior força de influência na cidade, substituindo a maçonaria por completo e instalando sua sede no grande Salão Maçônico na New Church Green.

Tudo isso, para a devota senhorita Tilton, compunha uma excelente razão para evitar a antiga cidade de decadência e desolação; mas para mim era meramente um incentivo novo. A meus anseios arquitetônicos e históricos agora se somava um zelo antropológico agudo, e eu mal conseguia dormir em meu quartinho na ACM enquanto a noite passava.

II

Pouco antes das dez da manhã seguinte, fiquei com uma pequena valise de frente para a Farmácia de Hammond na velha Market Square esperando pelo ônibus de Innsmouth. Conforme a hora de sua chegada se aproximava, notei um fluxo geral dos ociosos para outros lugares na rua, ou para o Almoço Ideal, do outro lado da praça. Evidentemente, o bilheteiro não havia exagerado o desgosto que as pessoas da região tinham de Innsmouth e seus habitantes. Em poucos momentos, um pequeno ônibus de extrema decrepitude e cor verde suja veio chacoalhando pela State Street, fez uma curva e parou no meio-fio ao meu lado. Senti imediatamente que era o ônibus certo; uma conjectura que o sinal semi-ilegível no para-brisa – "*Arkham–Innsmouth–Newb'port*" – logo confirmou.

Havia apenas três passageiros – homens soturnos e desarrumados de semblante taciturno e aparência jovem – e, quando o veículo parou, eles desceram desajeitadamente e começaram a andar pela State Street de maneira silenciosa, quase furtiva. O motorista também desembarcou, e o observei entrar na farmácia para realizar alguma compra. Este, refleti, deve ser o Joe Sargent que o bilheteiro mencionara; e, antes mesmo que eu pudesse notar qualquer detalhe, espalhou-se por mim uma onda de aversão espontânea que não podia ser restringida nem explicada. De repente me pareceu bem natural que a população local não demonstrasse interesse algum em andar em um ônibus sob a posse e direção desse homem, ou de visitar com qualquer frequência que fosse o *habitat* de tal homem e de seus pares.

Quando o motorista saiu da loja, olhei para ele com mais cuidado e tentei determinar a fonte de minha impressão maligna. Era um homem magro de ombros caídos, com pouco menos de 1,80m, vestindo roupas civis azuis surradas e uma boina cinza esgarçada. Tinha talvez 35 anos, mas as rugas atípicas e profundas nas laterais do pescoço o faziam parecer mais velho quando não se analisava seu rosto apático e sem expressão. Ele tinha cabeça estreita, olhos azuis esbugalhados e aquosos que pareciam nunca piscar, nariz achatado, testa e queixo retraídos, e orelhas particularmente atrofiadas. Seu lábio longo e grosso e bochechas rústicas, porosas e acinzentadas pareciam quase sem barba exceto por alguns fios amarelos que se espalhavam e encaracolavam em tufos esparsos, e em determinados lugares a superfície parecia estranhamente irregular, como se descascasse devido a uma doença cutânea. Suas mãos eram grandes e intensamente venosas, e apresentavam um tingimento azul acinzentado bastante atípico. Os dedos eram surpreendentemente curtos em proporção ao restante do corpo, e pareciam ter uma tendência de se fecharem dentro da palma enorme. Enquanto andava em direção ao ônibus, observei seu andar particularmente desajeitado e vi que seus pés eram exageradamente imensos. Quanto mais os estudava, mais me perguntava como ele conseguia comprar sapatos que lhe coubessem.

Uma certa oleosidade que pairava no sujeito aumentou minha repulsa. Ele claramente estava acostumado a trabalhar ou passar o tempo no cais pesqueiro e carregava consigo muito do cheiro característico. Exatamente que sangue estrangeiro havia dentro dele, eu não conseguia nem imaginar. Suas esquisitices certamente não pareciam asiáticas, polinésias, levantinas ou negroides; porém, conseguia entender por que as pessoas o consideravam alienígena. Eu pessoalmente teria pensado em degeneração biológica em vez de estrangeirice.

Fiquei desgostoso quando vi que não haveria mais passageiros no ônibus. Por algum motivo, não gostava da ideia de viajar sozinho com esse motorista. No entanto, conforme o horário de partida obviamente se aproximava, superei meu incômodo e segui o homem para dentro do veículo, estendendo-lhe uma nota de um dólar e murmurando a única palavra:

– Innsmouth.

Ele olhou para mim por um segundo de curiosidade enquanto devolvia o troco de quarenta centavos sem falar. Escolhi um assento afastado dele, mas no mesmo lado do ônibus, visto que queria olhar o litoral durante a viagem.

Enfim, o veículo decrépito começou com um arranque, e chacoalhou fazendo barulho pelos prédios de tijolo antigos da State Street em meio a uma nuvem de vapor do escapamento. Observando as pessoas nas calçadas, pensei ter detectado um desejo curioso de evitar fitar o ônibus... ou, pelo menos, um desejo de evitar parecer olhar para ele. Depois, viramos à esquerda para a High Street, onde o trajeto foi mais suave, passando por mansões antigas e majestosas do início da república e fazendas coloniais ainda mais arcaicas, passando pela Lower Green e pelo rio Parker e finalmente emergindo em um longo trecho monótono de campos com vista para o litoral.

O dia estava quente e ensolarado, mas a paisagem de areia, juncos e arbustos atrofiados ficaram mais e mais assolados à medida que avançávamos. Do lado de fora da janela, conseguia ver a água azul e o fio de areia de Plum Island, e logo estávamos bem perto da praia enquanto nossa estrada estreita se desviava da rodovia principal para Rowley e Ipswich. Não havia casas visíveis e pude perceber pelo estado da estrada que o tráfego era bem ameno ali. Os postes telefônicos pequenos e desgastados pelas condições meteorológicas tinham apenas dois fios. De vez em quando, passávamos por pontes de madeira rústicas sobre córregos intermitentes que se afastavam do interior e promoviam o isolamento geral da região.

Às vezes, percebia cepas mortas e paredes de alicerce desmoronadas sobre a areia errante, e lembrei-me da velha tradição mencionada em uma das histórias que havia lido, que ali outrora fora um campo fértil e altamente populoso. A mudança, era dito, viera simultaneamente à epidemia de Innsmouth de 1846, e era visto pelo povo simplório como algo que tinha uma conexão trevosa com forças ocultas do mal. Na verdade, ela foi causada pelo desmatamento imprudente dos bosques perto da costa, o que desproveu o solo de sua melhor proteção e abriu caminho para ondas de areia sopradas pelo vento.

Finalmente, perdemos vista de Plum Island e vimos a vastidão do Atlântico aberto à nossa esquerda. O caminho estreito deu início a uma subida íngreme, e tive uma sensação singular de inquietação ao olhar para o cume solitário à frente, onde a estrada enlameada tocava o céu. Era como se o ônibus estivesse prestes a manter a ascensão, deixando a terra sã em definitivo e mesclando-se ao arcano desconhecido do ar superior e do céu críptico. O cheiro do mar adquiriu implicações agourentas, e as costas curvas e rígidas e a cabeça estreita do motorista se tornaram mais e mais odiosas. Ao fitá-lo, enxergava a parte de trás de sua cabeça quase tão pelada quanto seu rosto, possuindo apenas alguns fios amarelos espalhados em uma superfície cinza e escabrosa.

Então, chegamos ao topo e nos deparamos com o vale estendido à frente, onde o Manuxet se junta ao mar logo a norte da longa série de rochedos que culminavam em Kingsport Head e guinavam para o Cabo Ann. No horizonte distante e nebuloso podia distinguir o perfil confuso do bairro, sobranceado pela estranha e antiga casa sobre a qual tantas lendas são contadas; mas, por ora, toda a minha atenção era cativa do panorama mais próximo logo abaixo de mim. Dava-me conta de que estava frente a frente com Innsmouth, sombreada por rumores.

Era uma cidade de extensão larga e densa em construções, mas com carência sinistra de vida visível. Do emaranhado de chaminés mal saía um sopro de fumaça, e as três torres altas se punham contrastantes e sem pintura com relação ao horizonte litorâneo. Uma delas estava desmoronando no topo; nessa e em outra havia apenas grandes buracos negros onde deveria haver relógios. A vasta aglomeração de telhados de duas águas íngremes e de estilo gambrel afundados transmitia com clareza ofensiva a decadência verminosa e, conforme nos aproximávamos pela estrada que agora descia, eu conseguia ver que muitos dos telhados haviam cedido por completo. Havia também casas georgianas grandes e retangulares, com telhados de quatro águas, torres de telhado,[2] e "telhados de viúva"[3] balaustrados. Esses estavam na maioria bem afastados da água e um ou dois pareciam estar em condições moderadamente boas. Estendendo-se na direção continental entre eles eu via a linha enferrujada e cheia de grama da ferrovia abandonada, com postes telegráficos entortados e sem fios, além das linhas semiobscurecidas das antigas estradas de carruagem para Rowley e Ipswich.

---

2 Em inglês, "cupolas": pequenas protuberâncias em telhados que podem variar em tamanho, forma e função. (N.T.)

3 Em inglês, "widow's walks" (literalmente, "passeios de viúva"): estruturas externas e abertas no alto de casas. Recebe esse nome por geralmente oferecer vista para o mar, insinuando que esposas ficavam nesses espaços esperando seus maridos voltarem da guerra. (N.T.)

A decadência era pior perto da margem, embora dentro dela eu conseguisse notar o campanário branco de uma estrutura de tijolos consideravelmente bem preservada que parecia uma pequena fábrica. O porto, há muito obstruído por areia, era cercado por um antigo quebra-mar de pedras; nele, pude começar a distinguir as formas diminutas de alguns pescadores sentados e, ao seu fim, podia ver o que parecia o alicerce de um farol não mais existente. Um promontório de areia se formara dentro dessa barreira, e sobre ela vi algumas cabanas decrépitas, dóris atracados e armadilhas de lagosta espalhadas. A única água funda parecia ser aquela na qual o rio desembocava depois da estrutura com campanário e virava ao sul para se juntar ao oceano no fim do quebra-mar.

Aqui e ali as ruínas dos cais emergiam da costa e terminavam em uma podridão indeterminada, sendo aqueles mais ao sul os de aparência mais deteriorada. E distante no mar, apesar da maré alta, vislumbrei uma linha longa e negra por pouco ficando acima da água e, apesar disso, portando uma sugestão de malignidade latente e insólita. Este, eu sabia, devia ser o Recife do Diabo. Enquanto eu olhava, uma sensação sutil e curiosa de convocação pareceu se somar à repulsa tenebrosa e, estranhamente, achei essa sugestão mais perturbadora do que a impressão inicial.

Não cruzamos com ninguém na estrada, mas logo começamos a passar por fazendas abandonadas em graus variados de ruína. Então, notei casas desabitadas com trapos colocados nas janelas quebradas e ostras e peixes mortos espalhados nos jardins cheios de lixo. De vez em quando, vi pessoas de aparência indiferente trabalhando em jardins inférteis ou desencavando conchas na praia com cheiro de peixe abaixo, além de grupos de crianças de semblante símio brincando na entrada das casas, áreas cheias de ervas daninhas. De algum modo, tais pessoas pareciam mais inquietantes do que os prédios calamitosos, pois quase todas elas tinham certas peculiaridades de rosto e de movimento que eu instintivamente desgostava sem ser capaz de defini-las ou compreendê-las. Por um segundo, pensei que esse tipo de físico sugeria alguma imagem que eu tivesse visto, talvez em um livro, sob circunstâncias de horror ou melancolia particulares; mas essa pseudolembrança logo se foi.

Conforme o ônibus chegava a um nível mais baixo, eu começava a captar a nota constante de uma queda-d'água em meio à quietude anormal. As casas desniveladas e sem pintura foram apinhando-se, alinhadas aos dois lados da estrada, e mostrando tendências mais urbanas do que as que haviam ficado para trás. O panorama à frente havia contraído para a vista de uma rua e em alguns pontos eu conseguia ver onde um pavimento de pedra e trechos de uma calçada de tijolos um dia existiram. Todas as casas estavam aparentemente desertas e havia eventuais lacunas onde chaminés dilapidadas e paredes de porão indicavam prédios que haviam desmoronado. Permeando tudo havia o odor de peixe mais nauseante que se pode imaginar.

Logo, cruzamentos e junções começaram a surgir; os à esquerda levavam aos domínios costeiros da miséria e declínio sem pavimentação, ao passo que os à direita mostravam paisagens da grandeza finada. Até então, eu não tinha visto pessoas na cidade, mas agora surgiam sinais esparsos de habitação: janelas com cortina aqui e ali, e às vezes um automóvel maltratado no meio-fio. Pavimentação e calçadas se tornaram mais definidas e, embora a maioria das casas fosse consideravelmente velha – estruturas de madeira e tijolos do começo do século XIX –, elas eram obviamente mantidas aptas para habitação. Como antiquário amador, quase perdi meu nojo olfativo e minha sensação de agouro e repulsa em meio a essa remanescência rica e inalterada do passado.

Mas não chegaria a meu destino sem uma impressão bem forte de caráter agudamente reprovável. O ônibus chegara a uma forma de espaço aberto ou ponto radial com igrejas dos dois lados e as ruínas deterioradas de uma praça circular no centro, e eu olhava para um grande saguão com pilares à direita no cruzamento adiante. A tinta um dia branca da estrutura agora era cinza e descascava, e o letreiro negro e dourado no frontão estava tão apagado que tive dificuldade em distinguir as palavras "Ordem Esotérica de Dagon". Esse, então, era o antigo Salão Maçônico agora concedido a um culto degradante. Enquanto eu me esforçava para decifrar a inscrição, minha atenção foi distraída pelos tons roucos de um sino rachado ressoando pela rua e eu rapidamente me virei a fim de mirar pela janela do meu lado do ônibus.

O som veio de uma igreja de pedra de torre atarracada, de uma época claramente posterior à maioria das casas, construída mediante um estilo gótico desajeitado e com um térreo desproporcionalmente alto com janelas fechadas. Embora os ponteiros de seu relógio estivessem ausentes do lado que eu via, sabia que aquelas badaladas ásperas anunciavam a décima primeira hora. Então, de repente todos os pensamentos foram apagados pela imagem crescente de intensidade afiada e horror indescritível que me dominou antes que eu de fato soubesse do que se tratava. A porta do térreo da igreja foi aberta, revelando um retângulo de pretidão dentro. E, quando olhei, um objeto atravessou ou pareceu atravessar aquele retângulo escuro; gravando com ferrete no meu cérebro uma concepção momentânea de pesadelo que era ainda mais enlouquecedora pelo fato de que uma análise seria incapaz de encontrar nela qualquer característica que a qualificasse como pesadelo.

Era um objeto vivo – o primeiro com exceção do motorista que eu vira desde a entrada na parte compacta da cidade – e, se eu estivesse em um estado emocional mais estável, não teria enxergado qualquer terror nele. Era evidente que, conforme percebi após um momento, se tratava do sacerdote; envolvido por vestimentas peculiares sem dúvida introduzidas desde que a Ordem de Dagon modificara o ritual das igrejas locais. O fator que provavelmente cativou meu vislumbre inconsciente foi a tiara alta que ele trajava; quase uma duplicata exata da que a senhorita Tilton havia me mostrado na noite anterior. Isso, atuando sobre minha imaginação, providenciou qualidades de uma tenebrosidade sem nome ao rosto indeterminado e à figura revestida e desengonçada abaixo dele. Não havia, logo decidi, qualquer razão pela qual eu devia ter sentido aquele toque estremecedor de pseudomemória maléfica. Não era natural que uma seita misteriosa local adotasse entre seus regimentos um tipo único de indumentária para a cabeça, tornada familiar para a comunidade de uma maneira estranha... talvez como um tesouro encontrado?

Um ligeiro borrifo de pessoas meio jovens de aparência repulsiva agora havia ficado visível nas calçadas – indivíduos solitários e grupos silenciosos de dois ou três. Os primeiros andares das casas deterioradas às vezes abrigavam pequenas lojas com sinais sujos, e percebi um ou dois caminhões estacionados enquanto avançávamos aos chacoalhos. O som de quedas-d'água se tornou mais e mais distinto, e no momento vi uma garganta de rio consideravelmente funda, atravessada por uma ponte de rodovia larga com muretas de ferro depois da qual um grande quadrado se abria. Enquanto tiníamos pela ponte, eu olhava para fora dos dois lados e observava alguns prédios de fábrica à beira do precipício gramado ou na descida. A água bem abaixo era bastante farta e eu conseguia identificar dois conjuntos de quedas vigorosas corrente acima e pelo menos uma corrente abaixo, à minha esquerda. Desse lugar, o barulho era um tanto ensurdecedor. Em seguida, entramos na grande praça semicircular do outro lado do rio e paramos no lado direito da rua em frente a um prédio alto e coroado por uma torre de telhado, com resquícios de tinta amarela e um sinal semiapagado declarando que essa era o Casa dos Gilman.

Estava contente em sair daquele ônibus e imediatamente fui guardar minha valise na recepção maltrapilha do hotel. Havia apenas uma pessoa à vista – um senhor de idade sem o que eu passara a chamar de "aparência de Innsmouth" – e decidi não lhe fazer nenhuma das perguntas que me incomodavam, lembrando que coisas estranhas haviam sido percebidas nesse hotel. Em vez disso, caminhei pela praça, da qual o ônibus já partira, e estudei a vista de forma minuciosa e apreciadora.

Um lado do espaço aberto e com pavimento de pedra era a linha reta do rio, o outro era um semicírculo de construções de tijolos e com telhados de uma água aproximadamente do período de 1800, dos quais várias ruas rajavam para o sudeste, o sul e o sudoeste. Postes de iluminação eram de quantidade e tamanho deprimentes – todos incandescentes de baixa potência – e eu estava contente que meus planos envolviam partir antes da escuridão total, embora soubesse que haveria o brilho da lua. Os prédios estavam todos em condições razoáveis, e incluíam talvez uma dúzia de lojas operando naquele momento, das quais havia uma mercearia da rede First National, e as demais eram um restaurante deplorável, uma farmácia e um escritório de venda atacadista de peixe; e ainda uma outra, na extremidade leste da praça próxima ao rio, o escritório da única indústria da cidade: a Companhia de Refinação Marsh. Havia talvez dez pessoas visíveis, e quatro ou cinco automóveis e caminhões permaneciam ali espalhados. Não foi preciso que me dissessem se tratar do centro cívico de Innsmouth. Ao leste eu conseguia ter vislumbres azuis do porto, contra o qual se erguiam os resquícios de três torres georgianas outrora belíssimas. E no sentido da praia do outro lado do rio eu via o campanário branco que sobranceava o que parecia ser a refinaria Marsh.

Por uma ou outra razão, escolhi fazer minhas primeiras perguntas na mercearia de rede, cujo pessoal provavelmente não era nativo de Innsmouth. Encontrei um rapaz solitário de cerca de dezessete anos encarregado da loja, e fiquei contente ao perceber o esplendor e afabilidade que prometiam informações otimistas. Ele parecia excepcionalmente ávido para falar e logo notei que ele não gostava do lugar, de seu cheiro de peixe e de seu povo furtivo. Uma conversa com qualquer um de fora era um alívio para ele. Vindo de Arkham, ele se alojava na pensão de uma família oriunda de Ipswich e ia para casa sempre que tinha um momento de folga. Sua família não gostava do fato de ele trabalhar em Innsmouth, mas a rede o transferiu para lá e ele não queria abrir mão do emprego.

Não havia, ele dissera, biblioteca pública ou câmara de comércio em Innsmouth, mas eu provavelmente conseguiria me encontrar. A rua pela que viera era a Federal. Ao oeste dela havia essas elegantes e antigas ruas residenciais – Broad, Washington, Lafayette e Adams – e ao leste havia as favelas costeiras. Foi nessas favelas – ao longo da Main Street – que encontrei as antigas igrejas georgianas, mas elas foram todas há muito abandonadas. Era melhor não ser conspícuo demais em tais regiões – especialmente ao norte do rio –, uma vez que as pessoas eram taciturnas e hostis. Alguns forasteiros chegaram a desaparecer.

Certos lugares eram quase território proibido, algo que ele aprendeu pagando um preço considerável. Não se deve, por exemplo, demorar-se muito na refinaria Marsh ou em nenhuma das igrejas ainda usadas, ou no salão com pilares da Ordem de Dagon na New Church Green. As igrejas em questão eram bem estranhas – todas violentamente repudiadas por suas respectivas denominações religiosas em outros lugares e aparentemente usando cerimônias e vestes clericais dos tipos mais insólitos. Suas crenças eram heterodoxas e misteriosas, envolvendo sugestões de certas transformações maravilhosas que levavam o corpo à imortalidade corporal – uma forma dela – nesta terra. O próprio pastor do jovem – o dr. Wallace da Igreja Metodista Episcopal de Asbury em Arkham – havia advertido seriamente que ele não fosse a nenhuma igreja em Innsmouth.

Quanto ao povo de Innsmouth... o jovem mal sabia o que pensar a respeito deles. Eram tão furtivos e raros de se ver quanto animais que habitavam tocas, e era difícil imaginar como eles passavam o tempo além da pesca esporádica. Talvez – julgando pela quantidade de bebida contrabandeada que consumiam – passassem a maior parte das horas iluminadas em torpor alcoólico. Pareciam soturnamente agrupados em certo tipo de sociedade e compreensão coletiva – desprezando o mundo como se tivessem acesso a outras e melhores esferas de existência. Sua aparência – em particular aqueles olhos fixos, que não piscavam e nunca eram vistos fechados – certamente era chocante o suficiente, e suas vozes eram repugnantes. Era terrível escutá-los cantando em suas igrejas à noite, especialmente durante festivais ou revivificações, que ocorriam duas vezes por ano, nos idos de 30 de abril e 31 de outubro.

Gostavam muito da água e nadavam bastante tanto no rio como no porto. Competições de natação para o Recife do Diabo eram bastante comuns e todos à vista pareciam bem aptos a participar desse esporte árduo. Quando se parava para pensar, geralmente eram apenas pessoas jovens que eram vistas em público, e, entre essas, os mais velhos eram propensos a ser os de aparência mais maculada. Quando havia exceções, eram na maior parte das vezes pessoas sem qualquer traço aberrante, como o velho recepcionista no hotel. Era de se perguntar o que ocorria com o grosso dos mais velhos e se a "aparência de Innsmouth" não era uma doença e fenômeno estranho e insidioso que aumentava sua influência conforme os anos avançavam.

Apenas uma moléstia rara poderia, é claro, trazer mudanças anatômicas tão grandes e radicais em um indivíduo após a maturidade – mudanças que envolviam fatores ósseos tão fundamentais quanto a forma do crânio; mas, mesmo esse aspecto não era mais surpreendente e inédito que as características visíveis da doença como um todo. Seria difícil, o jovem sugeriu, tirar qualquer conclusão real a respeito desse assunto, visto que ninguém passava a conhecer os nativos pessoalmente, não importando há quanto tempo a pessoa vivia em Innsmouth.

O jovem tinha certeza de que espécimes ainda piores do que os visíveis eram mantidos trancafiados em determinados lugares. As pessoas às vezes ouviam sons da ordem mais insólita. Os casebres instáveis na região portuária ao norte do rio eram supostamente conectados por túneis ocultos, sendo portanto uma verdadeira madrigueira de anormalidades jamais vistas. Que tipo de sangue estrangeiro esses seres tinham – se é que tinham –, era impossível determinar. Eles às vezes mantinham certas figuras especialmente repulsivas fora de circulação quando os agentes do governo e outros forasteiros vinham à cidade.

Seria inútil, meu informante alegou, perguntar aos nativos qualquer dado sobre o lugar. O único que falaria algo seria o homem bem velho mas de aparência normal que morava no abrigo de pobres na borda norte da cidade e passava o tempo andando por ali ou ocioso perto do posto de bombeiros. Esse personagem grisalho, Zadok Allen, tinha 96 anos e não batia muito bem da cabeça, além de ser o bêbado da cidade. Era uma criatura estranha e furtiva que sempre olhava por sobre o ombro como se estivesse com medo de algo e, quando sóbrio, não podia ser convencido a proferir uma palavra a estranhos. Ele era, porém, incapaz de resistir a qualquer oferta de seu veneno favorito e, quando bêbado, fornecia fragmentos de reminiscência sussurrada dos mais surpreendentes.

No fim, contudo, poucas informações úteis podiam ser obtidas dele, visto que as suas histórias eram todas insanas, alusões incompletas a maravilhas e horrores impossíveis que não poderiam ter origem senão em sua imaginação desordenada.

Ninguém nunca acreditava nele, mas os nativos não gostavam que ele bebesse e falasse com estranhos e nem sempre era seguro ser visto interrogando-o. Foi provavelmente dele que se originaram os mais absurdos murmúrios e crenças equivocadas.

Vários moradores não nativos haviam relatado vislumbres monstruosos de tempos em tempos, mas entre as histórias do velho Zadok e os habitantes malformados, não era de se espantar que ilusões assim fossem frequentes. Nenhum desses não nativos ficava na rua até tarde da noite, corroborando uma impressão generalizada de que não era prudente fazê-lo. Além disso, as ruas eram abominavelmente escuras.

Quanto aos negócios... a abundância de peixes sem dúvida era quase inexplicável, mas os nativos vinham tirando cada vez menos proveito da situação. Além disso, os preços caíam e a competição crescia. É claro que o verdadeiro negócio da cidade era a refinaria, cujo escritório comercial ficava na praça, apenas algumas portas ao leste de onde estávamos. O Velho Marsh nunca era visto, mas às vezes ele ia à fábrica em um carro fechado e com cortinas.

Havia todo tipo de rumor sobre a aparência que Marsh teria adquirido. Ele antes era um dândi notável e as pessoas diziam que ainda vestia sobrecasacas elegantes da era eduardiana, curiosamente adaptadas para certas deformidades. Seus filhos antigamente conduziam o escritório na praça, mas nos últimos tempos eles têm ficado bem mais longe de vista e deixado a maior parte do trabalho para a geração mais jovem. Os filhos e suas irmãs começaram a assumir aparência bastante insólita, em especial os mais velhos, e se dizia que sua saúde estava debilitada.

Uma das filhas dos Marsh era uma mulher repulsiva e de aparência reptiliana que usava uma abundância de joalheria estranha e claramente da mesma tradição exótica à qual a tiara estranha pertencia. Meu informante percebeu isso várias vezes e ouviu dizer que provinha de algum tesouro secreto, de piratas ou de demônios.

Os clérigos – ou sacerdotes ou o que quer que fossem chamados atualmente – também vestiam esses tipos de ornamento como adereço de cabeça; mas raramente se tinha sequer um vislumbre deles. Outras peças o jovem não havia encontrado, embora os rumores indicassem a existência de várias em Innsmouth.

Os Marsh, junto às outras três famílias de classe alta da cidade – os Waite, os Gilman e os Eliot –, eram todos bem reservados. Eles moravam em casas imensas na Washington Street, e muitos supostamente abrigavam em esconderijos certos parentes vivos cujo aspecto pessoal impedia que fossem vistos em público e cujas mortes haviam sido relatadas e registradas.

Alertando-me que grande parte da sinalização de rua estava ausente, o jovem desenhou para mim um esboço rudimentar, mas amplo e meticuloso, dos elementos relevantes da cidade. Após uma análise momentânea, tive certeza de que seria de grande serventia, e coloquei no bolso agradecendo profusamente. Como não gostei do aspecto sujo do único restaurante que tinha visto, comprei uma quantidade razoável de biscoitos de queijo e de gengibre para servir de almoço mais tarde. Minha programação, decidi, consistiria em percorrer as ruas principais, dialogar com qualquer não nativo que encontrasse, e pegar o ônibus das oito horas para Arkham. A cidade, eu podia notar, formava um exemplo significativo e exagerado de deterioração comunitária; mas, como não sou sociólogo, limitaria minhas observações sérias ao campo da arquitetura.

Assim, comecei meu passeio sistemático mas parcialmente confuso pelas vias estreitas e assoladas pela sombra de Innsmouth. Atravessando a ponte e virando-me na direção do bramido das quedas-d'água abaixo, passei perto da refinaria Marsh, que parecia estranhamente isenta de barulho industrial. O prédio ficava na beira íngreme do rio perto de uma ponte e de uma convergência aberta de ruas que supus serem o centro cívico inicial, deslocado depois da Revolução para a atual Town Square.

Reatravessando o desfiladeiro na ponte da Main Street, cheguei a uma região de completa deserção que, de algum modo, me fez estremecer. Um apinhado prestes a desabar de telhados de estilo gambrel formavam um horizonte denteado e fantástico, sobre o qual se erguia a macabra torre decapitada de uma igreja antiga. Algumas casas ao longo da Main Street estavam ocupadas, mas a maioria tinha os acessos vedados por tábuas. Por ruas laterais sem pavimentação vi as janelas escancaradas e negras de casebres abandonados, muitos dos quais inclinados em ângulos perigosos e incríveis pela parte do alicerce que afundara. Tais janelas encaravam de forma tão espectral que foi necessário reunir coragem a fim de se virar para o leste em direção à região portuária. Decerto o terror de uma casa abandonada aumenta em progressão geométrica em vez de aritmética conforme as casas se multiplicam para formar uma cidade de absoluta desolação. A visão dessas avenidas sem-fim, cheias de morte e abandono com olhos de peixe e a ideia dessas infinidades conectadas de compartimentos negros e inquietantes dando lugar a teias de aranha e memórias e ao verme vencedor despertam medos e aversões vestigiais que nem mesmo a filosofia mais robusta é capaz de dispersar.

A Fish Street estava tão deserta quanto a Main, embora diferisse por ter muitos armazéns de tijolo e pedra ainda em excelente estado. A Water Street era quase uma cópia dela, exceto pelo fato de dispor de grandes lacunas na direção do mar onde antes havia cais. Nenhum ser vivo eu vi, exceto pelos pescadores espalhados no distante quebra-mar, e nenhum som ouvi além do movimento da maré do porto e do bramido das quedas do rio Manuxet. A cidade estava cada vez mais me dando nos nervos e olhei furtivamente para trás de mim enquanto escolhia meu trajeto a fim de retornar à ponte instável da Water Street. A ponte da Fish Street, segundo o esboço, estava arruinada.

Ao norte do rio havia vestígios de vidas esquálidas – casas de empacotamento de peixes ativas na Water Street, chaminés soltando fumaça e telhados remendados aqui e ali, eventuais sons de fontes indeterminadas e formas desengonçadas e infrequentes nas ruas tenebrosas e vias sem pavimentação –, mas parecia que eu achava isso mais opressivo do que a deserção ao sul. Em primeiro lugar, as pessoas eram mais horrendas e anormais do que aquelas no centro da cidade, de tal modo que várias vezes fui malignamente lembrado de algo completamente fantástico que eu não conseguia determinar com precisão. Sem dúvida, a linhagem alienígena do povo de Innsmouth era mais intensa ali do que na parte menos litorânea... a não ser que, de fato, a "aparência de Innsmouth" fosse uma doença em vez de uma herança sanguínea, e nesse caso a região era usada para abrigar os casos mais avançados.

Um detalhe que me irritava era a *distribuição* dos poucos e fracos sons que ouvia. Eles naturalmente deviam vir em sua totalidade das casas visivelmente habitadas, e no entanto eram muitas vezes mais fortes dentro das fachadas mais seladas por tábuas. Havia rangidos, passos apressados e ruídos roucos e dúbios; e eu pensava desconfortável nos túneis ocultos sugeridos pelo rapaz da mercearia. De repente, me vi perguntando como as vozes dos referidos habitantes poderiam ser. Não ouvi qualquer fala até então nesse bairro, e estava inexplicavelmente ansioso para continuar não ouvindo.

Parando apenas por tempo suficiente para observar duas igrejas antigas e belas, mas arruinadas, saí apressadamente daquela favela de região portuária e repugnante. Meu próximo local lógico era a New Church Green, mas, de um modo ou outro, eu não suportava a ideia de passar de novo pela igreja dentro da qual relanceei a forma inexplicavelmente aterrorizante daquele estranho sacerdote ou pastor com diadema. Além disso, o jovem da mercearia me contara que as igrejas, bem como o Salão da Ordem de Dagon, não eram lugares recomendáveis para forasteiros.

Desse modo, me mantive ao norte pela Main até a Martin, depois virei em direção continental, atravessei a Federal Street seguramente ao norte da Green e entrei na vizinhança patrícia do norte das ruas Broad, Washington, Lafayette e Adams. Embora essas avenidas majestosamente velhas fossem desmazeladas e mal revestidas, sua dignidade à sombra de ulmeiros não findara por completo. Mansões seguidas de mansões cativavam meu olhar, a maioria delas decrépita, selada por tábuas e em meio a um terreno esquecido, mas uma ou duas em cada rua revelava sinais de ocupação. Na Washington Street havia uma fileira de quatro ou cinco com excelentes reparos e gramados e jardins bem-cuidados. A mais suntuosa delas – com largos *parterres* nos terraços estendendo-se até a Lafayette Street – presumi ser o lar do Velho Marsh, o enfermo dono da refinaria.

Em todas as ruas em questão, nenhuma vida era visível, e eu me questionava a respeito da completa ausência de gatos e cães em Innsmouth. Outro detalhe que me intrigava e perturbava, mesmo em algumas das mansões mais bem preservadas, era a condição rigorosamente fechada de muitas janelas de terceiro andar ou de sótãos. Furtividade e sigilo pareciam universais nessa cidade silenciosa de alienação e morte, e eu não conseguia escapar da sensação de estar sendo observado de emboscada em cada via por olhos disfarçados e fixos que nunca se fechavam.

Estremeci quando o badalar rachado das três soou de um campanário à minha esquerda. Eu me lembrava bem demais da igreja atarracada de onde vinham essas notas. Seguindo a Washington Street até o rio, eu agora fitava uma nova área, anteriormente de indústria e comércio; observava as ruínas de uma fábrica à frente e me deparava com outras, resquícios da estação e ponte ferroviária coberta antigas mais adiante, sobre a garganta à minha direita.

A ponte incerta agora diante de mim era acompanhada de uma placa de advertência, mas assumi o risco e a atravessei outra vez até a margem sul onde os sinais de vida reapareciam. Criaturas furtivas e desajeitadas lançavam olhares crípticos na minha direção e rostos mais normais me contemplavam com frieza e curiosidade. Innsmouth rapidamente se tornava insuportável, e virei na Paine Street, na direção da praça, com a esperança de encontrar um veículo que me levasse a Arkham antes do ainda distante horário de partida daquele ônibus sinistro.

Foi então que enxerguei o posto de bombeiros dilapidado à minha esquerda e notei o velho de rosto vermelho, barba cheia e olhos lacrimejantes que vestia trapos genéricos e, sentado em um banco à frente do prédio, falava com um par de bombeiros de aparência desleixada, mas não anormal. Esse, é claro, só podia ser Zadok Allen, o nonagenário semidesmiolado com uma inclinação para o álcool e cujas histórias sobre a antiga Innsmouth e sua sombra eram tão hediondas e incríveis.

III

Deve ter sido algum demônio perverso – ou um puxão zombeteiro de forças obscuras e ocultas – que me fez mudar de planos como mudei. Eu havia há muito decidido limitar minhas observações exclusivamente à arquitetura e mesmo naquele momento estava indo às pressas até a praça numa tentativa de obter um transporte rápido para fora dessa cidade pútrida de morte e deterioração; mas ver o velho Zadok Allen gerou novos fluxos na minha mente e me fez diminuir o passo com incerteza.

Fui assegurado de que o velho senhor não conseguia fazer nada além de aludir a lendas disparatadas, desconexas e incríveis, e fui alertado de que os nativos faziam com que não fosse seguro ser visto falando com ele; no entanto, a ideia de seu testemunho envelhecido da decadência da cidade, com memórias que iam até os primeiros dias de navios e fábricas, era um chamariz ao qual nenhum grau de juízo me faria resistir. Afinal, os mitos mais estranhos e desvairados são muitas vezes símbolos ou alegorias baseadas na verdade... e o velho Zadok deve ter visto tudo o que ocorreu em Innsmouth pelos últimos noventa anos. A curiosidade se acendeu superando o bom senso e a cautela, e eu, em minha egomania de jovem, imaginei que conseguiria peneirar um miolo de história da efusão confusa e extravagante que eu provavelmente extrairia com ajuda de uísque não envelhecido.

Eu sabia que não podia abordá-lo naquele lugar e hora, pois os bombeiros certamente veriam e protestariam. Em vez disso, refleti, eu me prepararia pegando alguma bebida contrabandeada em um lugar no qual o rapaz da mercearia me dissera que havia bastante. Então, eu iria passar o tempo perto do posto de bombeiros de forma aparentemente casual e falaria com o velho Zadok depois que ele tivesse começado uma de suas frequentes divagações. O jovem relatara que ele era bastante irrequieto, raramente ficando sentado na estação por mais do que uma ou duas horas ininterruptas.

A garrafa de um litro de uísque foi obtida com facilidade, mas não por um preço baixo, nos fundos de uma loja de conveniência imunda ali perto da Praça, na Eliot Street. O sujeito de aparência suja à minha espera me encarava com um pouco da "aparência de Innsmouth", mas foi civilizado à sua própria maneira, talvez acostumado a conviver com estranhos – caminhoneiros, compradores de ouro e afins – que estivessem ocasionalmente na cidade.

Voltando à praça, vi que a sorte estava do meu lado, pois – cambaleando na Paine Street na esquina do Casa dos Gilman – vi nada menos que a silhueta alta, esguia e esfarrapada do velho Zadok Allen em pessoa. Seguindo meu plano, chamei sua atenção brandindo minha garrafa recém-comprada e logo me dei conta de que ele começara a cambalear melancolicamente até mim enquanto eu virava na Waite Street a caminho da região mais deserta na qual conseguia pensar.

Estava direcionando meu trajeto pelo mapa que o rapaz da mercearia havia feito, e tinha como objetivo o trecho completamente abandonado da região portuária ao sul que eu visitara anteriormente. As únicas pessoas à vista ali haviam sido os pescadores no quebra-mar distante e andando alguns quarteirões para o sul poderia ficar fora do alcance deles, encontrando um par de assentos em algum cais abandonado e ficando livre para interrogar Zadok sem ser observado por tempo indefinido. Antes de chegar à Main Street, consegui ouvir atrás de mim a voz fraca e sibilante:

– Ei, senhor! – Nisso, permiti que o velho me alcançasse e tomasse goles copiosos da garrafa de um litro.

Comecei a testar as águas enquanto caminhávamos até a Water Street e virávamos ao sul em meio à desolação onipresente e às ruínas loucamente inclinadas, mas descobri que a língua envelhecida não se soltava com tanta agilidade quanto eu esperava. Por fim, enxerguei uma abertura gramada para o mar entre paredes de tijolo desmoronadas, com a extensão cheia de ervas daninhas de um atracadouro de terra e alvenaria se projetando adiante. Pilhas de rochas cobertas de musgo perto da água prometiam assentos toleráveis e a paisagem era protegida de todas as vistas possíveis por um armazém arruinado ao norte. Ali, pensei, era o lugar ideal para um colóquio longo e secreto; então, guiei meu companheiro para o local e escolhi pontos para nos sentarmos em meio às pedras musgosas. O ar de morte e deserção era mórbido, e o cheiro de peixe, quase insuportável; mas estava determinado a não deixar que nada me detivesse.

Cerca de quatro horas restavam para conversar se eu fosse pegar o ônibus das oito horas para Arkham e comecei a doar mais bebida ao bêbado antigo; ao mesmo tempo, comia meu próprio almoço barato. Em minhas doações, tomava cuidado para não passar do limite, pois não queria que a tagarelice ébria de Zadok virasse torpor. Após uma hora, sua taciturnidade furtiva deu sinais de que desaparecia, mas, para minha decepção, ele ainda tergiversava diante de todas as minhas perguntas sobre Innsmouth e seu passado sombrio e assombrado. Ele balbuciava sobre assuntos atuais, revelando amplo contato com jornais e forte tendência a filosofar no estilo sentencioso provinciano.

Perto do fim da segunda hora, temia que meu litro de uísque não seria suficiente para gerar resultados, e me perguntava se era melhor eu deixar o velho Zadok e buscar mais. Nesse momento, porém, a sorte abriu o que as minhas perguntas não haviam conseguido, e a divagação sibilante do antigo mudou de rumo de modo que me fez curvar para a frente e escutar alerta. Minhas costas estavam voltadas para o mar com cheiro de peixe, contudo, ele mirava nessa direção e uma coisa ou outra fez o olhar errante se iluminar na linha baixa e distante do Recife do Diabo, ali se mostrando de forma clara e quase fascinante sobre as ondas. A vista parecia incomodá-lo, pois ele deu início a uma série de xingamentos que terminaram em um sussurro confidencial e um olhar de quem sabia algo. Ele se curvou para perto de mim, pegou a lapela de meu casaco e sussurrou alusões que não tinham como ser confundidas.

– Ali que começô tudo... aquel'lugar de toda maldade onde a água fica funda. Portão duinferno... uma queda total prum fundo que nenhum fio d'sond'alcança. Foi o véio captão Obed... ele qu'achô mais do que divia nas ilhas do Pacificussul.

"Todo mundo tava na pior naquela época. As vendas cairo, as fábricas, mesmo as nova, perdêro negócio, e os melhores dos nossos homem morrêro sendo corsário na Guerra de 1812 ou nos brigues *Elizy* e *Ranger*...[4] os dois negócio dos Gilman. O Obed Marsh, ele tinha três navios boiando: o bergantim *Columby*, o brigue *Hetty* e a barca *Sumatry Queen*. Ele era o único que continuô com o comércio co'as Indi'orientais e co'Pacífico, imbora o bergantim-escuna do Esdras Martin, o *Malay Pride*, fez negócio até o ano de vinteoito.

---

4 Originalmente, o *Ranger* é descrito como um "Snow", que é um barco similar a um brigue, sendo sua principal diferença a de que sua vela mais à traseira não fica presa ao mastro principal, mas sim a um terceiro mastro menor logo atrás dele. (N.T.)

"Nunca teve ninguém que nem o captão Obed… braço véio d'Santanás! He, he! Lembro dele falano dos outros país, e chamano os otro d'idiota por ir pr'igreja cristã e carregar os peso de jeito manso e humilde. Disse que tinham qu'arranjá uns deus melhores que nem os povo das'Índia… deuses que desse boa pesca em troca de sacrifícios e que respondesse de verdade pras prece do povo.

"Matt Eliot, o primeir'oficial dele, também falava bastante, só qu'ele era contra as pessoa fazerem coisa pagã. Falou de uma ilha ao leste de Otaheité onde tinha um monte de ruínas de pedra mais velhas que qualqué coisa que qualqué um conhecesse, que nem aquelas em Ponape, nas'ilhas Carolina, mas com rostos esculpidos que pareciam que nem aquelas estátuas grandes na Ilha de Páscoa. Também tinha uma ilhota vulcânica perto dessa, onde tinha ôtras ruínas com esculturas diferente… ruínas todas gasta como se já tivessem estado no mar, e com figuras de uns monstros terríveis nelas todas.

"Ó, sinhô, o Matt, ele disse quils nativos de lá tinha todos peixe que quisesse pegá, e tinha braceletes e braçadêras e peças de cabeça feita dum tip'estranho d'ouro e cobertas com figuras de monstros qui'nem aquelas escupidas nas ruínas da ilhota… meio que nem rãs com jeito de peixe ou peixes com jeito de rã desenhados em todo tipo de posição como se fossem serumanos. Ninguém consiguia fazer eles contar onde conseguiram tudo aquilo, e todos os otros nativos se perguntaram como eles conseguiram pescar de montão mesmo quando as ilhas vizinhas tinha pouca pesca. O Matt também se perguntava, assim como o captão Obed. O Obed, ele percebe além disso que um monte dos jovens bonitos sumiam de vez de um ano pro outro, e que num tinha muitos velhos por lá. Além disso, ele achava que alguns deles pareciam bem esquisito mesmo pra canacas.

"Precisou o Obed pra conseguir a verdade dos pagãos. Num sei como ele fez, mas começô fazendo trocas com as coisa que eles vestiam que parecia ouro. Perguntô donde elas vinham e se tinham como consiguir mais, e finalmente fez a história escapar do velho chefe; Walakea era como chamavam ele. Ninguém além do Obed jamais teria acreditado naquele velho diabo amarelo, mas o captão conseguia ler a pessoas como fossem livro. He he! Ninguém acredita em mim quando eu conto, e não acho quil sinhô vai acreditá, meu jove... mas parando pra te olhar, tu tem aqueles olho afiado de ler quil Obed tinha."

O sussurro do velho ficou mais fraco, e eu me vi trêmulo diante da terrível e sincera solenidade de sua entonação, mesmo sabendo que sua história podia não ser nada além de uma fantasia ébria.

– Bem, sinhô, o Obed, ele tinha descobrido que tinha coisa nessas arte que a maioria das pessoa nunc'ouviu falá... e não acreditaria se ouvisse. Parece que esses canacas sacrificavam um monte dos seus homens e donzelas jovens pra algum tipo de coisas-deuses que viviam debaxo do mar, e ganhando todo tipo de favô em troca. Ele conheceram as coisas na ilhota com as ruínas estranhas, e parece que as figura horrível dos monstros peixes-rãs era pra ser figura dessas coisas, talvez eles fosse o tipo de criatura que fizeram todas aquelas histórias de sereia e coisassim começá. Eles tinha todo tipo de cidade no fund'do mar, e essa ilha subiu de lá. Parece que eles eram algumas das coisa viva no prédio de pedra quando a ilha subiu de repente pra superfície. Foi assim quils canacas soubero que eles tavam lá embaixo. Fizero uma linguagem de sinal assim que deixaro o medo de lado e arranjaro uma barganha em pôco tempo.

"As coisa gostava de sacifíci'umano. Tinham eras atrás, mas perderam contato com o mundo de cima depois dum tempo. O que fizero com as vítima num sou em quem pode dizê, e acho quil Obed num fazia muita questão de perguntá. Mas tudo bem com os pagãos, porque eles tavam passando dificuldade e tavam desesperado com tudo. Eles dão certo número de joves pras coisa do mar duas vezes por ano, na véspera de maio e no dia das bruxa, o mais regular possível. Também davam algumas das quinquilharia esculpida que faziam. O que as coisas concordava em dar em troca era um monte de peixe, que eles traziam de todo canto do mar, e algumas coisas que pareciam de ouro de vez em quando.

"Bem, como eu disse, os nativo se encontrava com as coisa na ilhota vulcânica... indo pra lá de canoa com os sacrifícios e et'cetra e voltando com qualquer jualiria meio dourada que viesse com eles. No começo as coisa nunca ia pra ilha principal, mas depois de um tempo eles quisero ir. Parece que eles desejava se misturar com povo, e fazer cerimônia junta nos dias grandes, véspera de maio e dia das bruxa. Entende, eles consiguia viver dentro e fora d'água... é o que chamam de anfíbio, eu acho. Os canacas contaro como os povos d'outras ilhas talvez quisesse acabar com eles se soubessem que eles tavam ali, mas ele dizia que não s'importava muito, porque eles podia acabar com toda ninhada de humanos se quisesse... issoé, qualquer um que não tivesse certos símbolos que eram usados pelos Antigos perdidos, quem quer que fossem. Mas como não queriam fazer isso, ficavam escondidos quando qualquer um visitava a ilha.

"Quando se tratava de procriar com os peixe que parecia rã, os canacas meio que ficaro com receio, mas no fim eles descobriram uma coisa que deu um novo ar pra coisa. Parece quils humanos têm algum parentesco com esses bicho d'água; que tudo que é vivo um dia saiu da água e que só precisa mudar um pouco pra voltar pra ela. As coisas falaram pros canacas que, se eles misturassem o sangue, teriam crianças que pareceria humanas primeiro, mas depois ficavam mais e mais como as coisas até que finalmente elas iria pr'água e se juntaria à maioria das coisas lá embaixo. E essa é a parte importante, meu jove: eles, quando virasse as coisas-peixe e entrasse n'água, *nunca iam morrê*. Essas coisa nunca morria a não ser que alguém matasse com violência.

"Ó, sinhô, parece que na época quil Obed conheceu esses ilhéus, eles já estavam cheio de sangue de peixe daquelas coisas do fundo do mar. Quando envelheciam e dava pra ver isso, eles eram escondidos até que ficassem prontos pra ir pr'água e sair do lugar. Alguns eram mais afetados quils otros e alguns nunca mudavam o suficiente para ir para a água, mas a maioria ficava exatamente como as coisas disseram. Os que nasciam mais parecidos com as coisa mudava cedo, mas os que era mais humano às vezes ficava na ilha até passar dos setenta, embora eles normalmente fizesse umas viagens de teste antes disso. O pessoal que se acostumou com a água geralmente voltava bastante pra visitar, então um homem muitas vezes acaba falando com seu pentavô, que saiu do seco algumas centenas de anos antes.

"Todo mundo se livrou da ideia de morrê; exceto em guerra de canoa com otros ilhéus, ou como sacrifícios pros deuses marinhos lá embaixo, ou de mordida de cobra ou de praga ou de doença aguda e galopante ou coisassim antes que pudessem ir pra água. Em vez disso, simplisment'espeavam um tipo de mudança que num era tão ruim depois dum tempo. Eles acharo quilque ganhava valia tudo que precisavam dar em troca… e imagino quil Obed meio que começou a pensar assim também, quando ruminou um pôco a história do véio Walakea. Mas o Walakea era um dos poucos que não tinha nada de sangue de peixe, porque era duma linhage real que casava com linhages reais das ôtras ilhas.

"O Walakea, ele mostrô pro Obed um monte de rituais e encatamentos que tinhavê com as coisa marinha, e deixou ele vê algumas das pessoa na vila que tinha mudado bastante da forma humana. Mas dum jeito ou do outro, ele nunca deixô ele ver uma das coisas que saíam da água. No fim, ele deu uma giringonça feita de chumb'ou coisassim e disse que ia trazê peixe de qualqué lugar n'água que pudesse ter um ninho deles. A ideia era deixar ela afundar com as rezas certas e coisas assim. O Walakea fez entender que as coisas tavam espalhadas pelo mundo, então qualqué um que procurasse podia encontrar um ninho e trazer eles pra cima se quisesse.

"O Matt, ele num gostava desse negócio nem um pouco, e quiria quil Obed ficasse longe da ilha; mas o captão estava de olhos nos ganhos e discobriu que consiguia deles as coisas meio douradas por tão pouco que seria lucrativo s'especializar nelas. As coisas seguiram assim por anos, e o Obed consiguiu ouro suficiente pra começar a refinaria na antiga usina de pisoamento dos Waite. Ele num tinha coragem de vendê as peça como elas eram, porque as pessoas ia fazê pergunta o tempo inteiro. Ainda assim, a tripulação dele pegava e se livrava de uma peça de vez em quando, mesmo tendo jurado ficar quieto, e ele deixava as mulher da equipe usar umas peças que pareciam mais humanas que a maioria.

"Então, veio trinteoito, quando eu tinha sete anos. O Obed, ele encontrou a ilha toda destruída entre viagens. Parece quils otros ilhéus discobriram o que tava acontecendo e decidiram dar um jeito nisso. Magino que eles diviam ter, no fim das contas, aqueles símbolos mágicos antigos que as coisa do mar dissero ser a única coisa de que tinham medo. Num dá pra saber a que qualquer um dos canacas vai se arriscar se agarrar quando o fund'do mar vomitar uma ilha com ruínas mais véias quil dilúvio. Crentes teimosos, essa gente, num deixaram nada de pé nem na ilha principal nem na ilhota vulcânica a num ser as partes das ruínas qu'eram grandes demais pra dirrubar. Inhalguns lugares tinham essas pedrinhas espalhadas, como amuletos, com alguma coisa neles que hoje em dia chamariam de suásticas.[5] Provavelmente era um dos símbolos

5 A publicação original deste conto é contemporânea ao regime nazista na Alemanha, mas anterior à 2ª Guerra Mundial e ao Holocausto. Não é possível confirmar que a menção de suásticas é uma alusão explícita à ideologia nazista, mas também não é certo que seja uma referência ao uso do símbolo em outros contextos. (N.T.)

dos Antigos. As pessoas tudo varridas de lá, nenhum rastro das coisa meio douradas, e nenhum dos canacas dos arredores abria a boca sobre o assunto. Num admitiam nem que um dia teve gente naquela ilha.

"Claro que aquilo prejudicou bastante o Obed, já quil comércio normal dele ia bem mal. Também prejudicou Innsmouth inteira, porque nos tempos das navegação o que dava lucro pro mestre geralmente dava lucro pra tripulação na mesma medida. A maioria do pessoal na cidade aguentou as dificudades meio acanhadas e conformadas, mas a coisa tava feia porque a pesca tava diminuíno e as fábricas não tavam bem.

"Foi aí quil Obed começô a xingá as pessoas por ser cordeirinho e rezá prum Paraíso cristão quando ele não ajudava em nada. Ele disse que sabia de gente que rezava pra deuses que davam coisa que eles precisava de verdade e que, se uma boa quantidade de homem apoiasse ele, ele talvez consiguisse usar certos poder que podia trazer um monte de peixe e um tanto de ouro. Claro quils que trabalharo no *Sumatry Queen* e viro a ilha sabia do que ele tava falando, e num tinham vontade nenhuma de chegar perto das coisa marinha que eles ouviro falar a respeito, mas os que num sabia ficaro todos convencidos pelo quil Obed tinha pra falar, e começaro a peguntar pr'ele o que podiam fazer pra seguir o caminho da fé que trouxesse resultados."

Nisso, o velho vacilou, murmurou e passou para um silêncio rabugento e apreensivo, olhando nervoso por sobre o ombro e depois tornando a encarar fascinado o recife negro distante. Quando falei com o homem, ele não respondeu, então sabia que teria de deixá-lo terminar a garrafa. Esse enredo insano que eu escutara me interessava profundamente, pois imaginava que ele continha alguma alegoria bruta baseada na estranheza de Innsmouth e elaborada por uma imaginação já criativa e repleta de retalhos de um folclore exótico. Em nenhum momento sequer acreditei que a história tinha algum fundamento de substância real mas, independentemente disso, o relato tinha um toque de terror genuíno, mesmo que fosse porque trazia referências a joias estranhas claramente análogas à tiara maligna que eu havia visto em Newburyport. Talvez os ornamentos tivessem, afinal, vindo de uma ilha estranha e possivelmente as histórias disparatadas eram mentiras do falecido Obed e não deste antigo bêbado.

Entreguei a Zadok a garrafa, e ele a secou até a última gota. Era curioso como ele conseguia aguentar tanto uísque, pois nem um traço de rouquidão havia chegado à sua voz aguda e sibilante. Ele lambeu a boca da garrafa e a deslizou para dentro do bolso, depois começou a balançar a cabeça de cima para baixo e a sussurrar de leve para si mesmo. Curvei-me para me aproximar e captar qualquer palavra articulada que ele murmurasse e pensei ter visto um sorriso sardônico por trás da barba cheia e manchada. Sim; ele estava mesmo compondo palavras, e eu conseguia entender boa parte delas.

– Coitado do Matt... O Matt sempre foi contra; tentô trazê gente pro lado dele e falou bastante com os padre. Não adiantou, eles enxotaram o padre congregacional da cidade e o sujeito metodista foi'mbora... Nunca mais vi Resolved Babcock, o padre batista... pela ira de Jeová; eu era um pequerrucho, mas ouvi o qu'eu ouvi e vi o qu'eu vi: Dagon e Ashtoreth; Belial e Belzebu... O Bezerro de Ouro e os ídolos de Canaã e dos filisteus; abominações babilônicas... *Mene, mene, tequel, parsim*...

Ele parou de novo e, pela aparência de seus olhos azuis aguados, temia que ele estava se aproximando enfim do torpor. Mas, quando chacoalhei de leve seu ombro, ele se virou pra mim com um estado de alerta surpreendente e talhou mais algumas frases obscuras.

– Num acredit'em mim, né? He he he... então mixplica, meu jove, por que o captão Obed e mais uns vintepoucos sujeitos remava pro Recife do Diabo no meio da noite e cantava tão alto que dava pr'ouvi eles na cidade toda quando o vento batia do jeito certo? Mixplica, hein? E mixplica por que o Obed tava sempre soltando coisas pesadas pro fundo d'água d'outo lado do recife onde que desce com'um penhasco tão fundo que nem dá pra medir? Mixplica o que eles fizero com a giringonça de chumbo de forma estranha que o Walakea deu pr'eles? Hein, rapaz? E o que eles uivavam na véspera de maio e de novo no dia das bruxa? E por que os novos padres das'igreja, que antes eram marinheiros, vestem aqueles mantos estranhos e se cobrem com aquelas coisas meio douradas quil Obed tinha trazido? Hein?

Os olhos azuis e aguados agora estavam quase selvagens e maníacos e a barba branca e suja se eriçava com eletricidade. O velho Zadok provavelmente me viu retrair, pois começou a dar uma risada maléfica.

– He he he he! Começano a ver, hein? Talvez tu quisesse ter sido eu naquela época, quando eu via coisas no mar à noite, da torre de telhado na minha casa. Ah, posso te dizê, jarra pequena tem orelha grande[6], e eu não queria perder nenhuma das fofocas sobre o captão Obed e sobre o pessoal no recife! He he he! E a noite que peguei a luneta de meu pai e levei pra torre de telhado e vi o recife apinhado de formas que mergulharo assim que a lua subiu? O Obed e os otro tavam num dóri, mas as formas mergulhava no lado d'oceano pra dentro da água funda e nunca subiam de volta... O que tu acha de ser um gurizinho sozinho numa torre de telhado vendo formas que *num eram formas humanas*? Hein? He he he he...

O velho estava ficando histérico e comecei a estremecer com uma preocupação sem nome. Ele pousou uma garra enrugada sobre meu ombro e me pareceu que seu tremor não era inteiramente de risos.

---

6 Dito popular sobre como crianças sabem mais do que adultos pensam. "Orelha", na analogia, seria a alça da jarra. (N.E.)

– Digamo que uma noite tu vê uma coisa pesada sendo jogada da dóri do Obed, depois do recife, e discobre no dia siguinte que um sujeito jove sumiu? Hein? Alguém voltou a ver pele ou pelo do Hiram Gilman? Alguém viu? E o Nick Pierce, e a Luelly Waite e o Adoniram Southwick e o Henry Garrison? Hein? He he he... Formas falando língua de sinais com a mão... isso os que tinha mão de verdade...

"Ó, sinhô, essa foi a época quil Obed começou a se recuperar. As pessoas viu sua três fias vestindo coisas meio douradas que ninguém tinha visto antes, e fumaça começô a sair da chaminé da refinaria. Otras pessoas também prosperaro: os peixe começou a vir de monte pro porto prontinho pra matar, e sabe-se lá o tamanho da carga que começamo a mandá pra Newburyport, Arkham e Boston. Foi aí quil Obed montou o ramal ferroviário. Uns pescadores de Kingsport ouviro falá das pesca e viero de monte, mas se perdero tudo. Ninguém nunca mais viu eles. E na mesma época nosso povo organizô a Orde sotérica de Dagon e comprou o Salão de Maçonaria da Comenda de Cavalaria pra ela... He he he! Matt Eliot era maçom e era contra a venda, mas ele sumiu de vista na mesma época.

"Lembre, num disse quil Obed tinha decidido fazer as coisas igualzinho como fizero na ilha dos canacas. Num acho que ele de início pensasse em fazê mistura, nem em criá os jovens pra ir pra água e virá peixes com vid'eterna. Ele queria as coisa de ouro e tava disposto a pagá caro, e acho que *os otros* ficaram satisfeitos por um tempo...

"Em quarentesseis a cidade começou a olhá e pensá por conta própria. Muita gente sumindo; muita pregação disvairada numa reunião de domingo; muita gente falando daquele recife. Acho que fiz parte quando contei pro conselheiro Morwy o que eu vi da torre de telhado. Teve um grup'uma noite que siguiu a turma do Obed até o recife e eu ouvi tiros entr'os dóris. N'outro dia, o Obed e mais trintedois estavam na cadeia, com todo mundo si perguntano o que tava aconteceno e que acusação podiam fazê contra ele. Meu Deus, sialguém tivesse pensado antes... umas semanas depois, quando nada tinha sido jogado no mar por muito tempo..."

Zadok mostrava sinais de pavor e exaustão, e eu deixei ele manter o silêncio por um tempo, embora olhasse apreensivo para meu relógio. A maré havia subido e estava se aproximando, e o som das ondas parecia estimulá-lo. A maré me deixava contente, pois, com ela elevada, o cheiro de peixe talvez não fosse tão ruim. Novamente, eu me esforcei para captar seus sussurros.

– Naquela noit'orrível... eu vi... eu tava na torre do telhado... hordas deles... manadas deles... por todo o recife e nadando pelo porto e pelo Manuxet... meu Deus, o que aconteceu nas rua de Innsmouth naquela noite... eles batero na nossa porta, mas papai não abriu... aí ele saiu pela janela da cozinha com o mosquete dele pr'encontar o conselheiro Mowry e vê o que podia fazê... Montes de mortos e moribundos... tiros e gritos... berros na Old Square e na Town Square e na New Church Green... Portões da cadeia aberta... Proclamação... Traição... Chamaram de praga quando as pessoas viero e descobriro que metade da nossa gente sumiu... ninguém sobrô a não ser quem se juntô ao Obed e as coisas ou então ficô quieto... nunca mais ouvi falá do meu pai.

O velho estava ofegante e perspirava profusamente. Sua mão no meu ombro contraiu-se.

– Tudo limpo de manhã... mas tinha *rastros*... O Obed meio que ficou no comando e disse que as coisa ia mudá... *otros* iriam cultuar com a gente no horário de reunião e certas casas tinha que agradar *convidados*... *eles* queria se misturar como fizero com os canacas, e ele não se sentia preparado pra deter eles. Já num tava entre nós, o Obed... assim como um loco quanto ao assunto. Disse que eles trouxero peixe e tesoro pra gente e diviam ter o que eles desejava.

"Nada ia ser diferente pro mundo de fora, só que a gente tinha que ficar disconfiado de forasteros se a gente soubesse o que é melhor pra gente. Tivemo que fazer o Juramento de Dagon e depois teve o segundo e o terceiro Juramento que alguns de nós fizero. Os que ajudasse em especial ganhava recompensas especiais, ouro e coisassim. Num adiantava reclamá, porque tinha milhões deles lá embaixo. Eles preferia não subi e varrê a raç'umana mas, se eles fosse revelado e forçado a fazê isso, eles consiguiria fazer muito assim, ó. A gente num tinha os amuleto antigo pra se livrar deles que nem as pessoa do Pacífico Sul, e os canacas nunca teria entregado os segredos deles.

"A gente dava sacrifícios e bugigangas selvages e hospedage na cidade quando eles quisesse e eles deixava a gente em paz. Num incomodaria forasteros porque poderia levar histórias pra fora... qué dizê, a num ser que eles ficassem espiando. Tudo no bando dos fiéis, da Orde de Dagon. E as criança nunca morreria, mas voltaria para a Mãe Hidra e o Pai Dagon de onde todos nós viemo um dia... *Iä! Iä! Cthulhu fhtagn! Ph'nglui mglw'nafh Cthulhu R'lyeh wgah-nagl fhtagn...*"

O velho Zadok estava sucumbindo ao desvario total, e eu contive o fôlego. Pobre alma... A que profundezas lamentáveis de alucinação teria a bebida, somada a seu ódio pela decadência, estrangeirice e doença ao seu redor, trazido aquele cérebro fértil e imaginador! Ele começou a lamentar agora, e lágrimas corriam de suas bochechas canalizadas para as profundezas de sua barba.

– Deus, o que eu vi desde que tinha quinze anos... *Mene, mene, tequel, parsim!* As pessoas que sumiro, e as que se mataro... Aqueles que contaro coisas em Arkham ou Ipswich ou lugares assim foram tudo chamado de louco, que nem você comig'agora... Mas Deus, o que eu vi... Eles teria me matado faz tempo por causa do que sei, só que eu fiz o primeiro e o segundo dos Juramentos de Dagon com o Obed, então eu era protegido a num ser que um júri deles provasse qu'eu contei coisas conscientemente e deliberadamente, mas eu nunca faria o terceiro Juramento... Prefiro morrer a isso...

"Piorou na época da Guerra Civil, *quando as criança nascida depois de quarentesseis começaro a crescê*... qué dizê, algumas dela. Eu tava com medo; nunca mais espiei desde aquela noite horrível e nunca vi um... *deles*... de perto na minha vida intêra. Qué dizê, nunca um de todo puro. Fui pra guerra, e se tivesse alguma corage ou bom senso nunca teria voltado, mas ficado num lugar longe daqui. Mas as pessoa me escrevero dizeno que as coisa num tava tão ruim. Isso imagino que foi porque os recrutador do governo tava na cidade depois de sessenteitreis. Depois da guerra ficou ruim igual. As pessoa começaro a despencar... fábricas e lojas fechadas; viagis de barco encerrada, o porto sufocado; a ferrovia abandonada... mas *eles*... eles nunca pararo de nadar rio pra cima e pra baixo vindo daquele recife maldito de Satanás... e mais e mais janelas de sótão ficaro cheio de tauba e mais e mais barulhos era ouvido nas casa que num diviam ter ninguém dentro...

"As pessoas de fora têm suas história sobre a gente. Magino que tu tenha ouvido bastante coisa deles, por causa das pergunta que fez; histórias de coisas que viro de veiz em quando e sobre aquela jauliria esquisita que ainda vem d'algum lugar e nem sempre derrete... mas nunca nada fica definido. Nunca ninguém vai acreditá em nada. Eles chama as coisa meio dorada de tesoro de pirata e acha que o povo de Innsmouth tem sangue estrangero ou é desmiolado ou coisassim. Além disso, quem mora aqui enxota quantos forasteros puder, e encoraja os outro a não ficar muito curioso, especialmente quando é de noite. Animais rejeitava as criatura, os cavalos eram pior que as mula com isso; mas quando conseguiro automóveis ficou tudo bem.

"Em quarentesseis, o captão Obed casou com uma segunda esposa *que ninguém na cidade nunca viu.* Alguns dizem que ele num quis, mas foi forçado por eles porque tinha chamado eles. Ele teve três filho com ela; dois que desaparecero jove, mais uma garota que num paricia com qualquer outra pessoa e que foi educada n'Europa. O Obed no fim conseguiu fazê uma tramoia pra casá ela com um sujeito de Arkham que num suspeitava de nada. Mas ninguém de fora quiria ter nada com o povo de Innsmouth agora. O Barnabás Marsh que cuida da refinaria hoje é neto do Obed com a primera esposa; filho do Onesiphorus, o fio mais véio, *mas a mãe dele era mais um deles que nunca foram visto na rua.*

"Hoje, o Barnabás já tá todo mudado. Num consegue mais fecha os zóio e tá todo fora de forma. Dizem qu'ele inda veste ropa, mas que vai para a água em breve. Talvez já tenha tentado; eles às veiz desce um tempinho antes de ir embora de vez. Num é visto em público faz nove ou dez anos. Num sei como a coitada da esposa se sente; ela é de Ipswich e eles quase lincharo o Barnabás quando ele cortejô ela, cinquentepocos anos atrás. O Obed, ele morreu em setenteoito e todas as geração seguinte já se foi: sua primeira esposa e filhos morrero, e o resto... só deus sabe..."

O som da aproximação da maré agora era bastante insistente e, pouco a pouco, parecia mudar o humor do idoso de choroso e lacrimejante para temeroso e vigilante. Ele se interrompia de vez em quando para renovar aqueles relances nervosos por sobre o ombro ou na direção do recife e, apesar do absurdo desvairado de sua história, não conseguia deixar de partilhar de sua apreensão vaga. Zadok agora estava mais estridente, e parecia tentar criar coragem falando mais alto.

– Ei, e tu, por que tu num diz nada? Que que tu acha de vivê numa cidade que nem essa, com tudo apodreceno e morreno e monstros andano e balino e ladrano e saltitano por sótãos e porões negros a cada esquina que tu vira? Hein? Que que acha de ouvir os uivos noite pós noite vindo das igreja e do Salão da Orde de Dagon *e saber o que fazia parte dos uivo*? Que que acha de ouvi o que vem daquele recíf'orrível toda véspera de maio e Dia de Todos os Santos? Hein? Acha que o véio aqui é doido, é? Ó, sinhô, *deixa eu te contá qu'isso nem é o piô*!

Zadok agora de fato gritava, e o frenesi de sua voz me perturbou mais do que eu gostaria de admitir.

– Maldito seje, num fica me encarando com esses zóio... Eu digo, Obed Marsh tá n'inferno, e tem que ficar lá! He he, n'inferno, te digo! Num podem me pegar... num fiz nada, num contei nada pra ninguém...

"A, você, meu jove? Bem, mesmo se eu não contei nada pra ninguém até hoje, vô contá agora! Só fica sentado e me escuta, rapaz; o qu'eu nunca contei pra ninguém é... Eu disse que num espiei mais dipois daquela noite... *mas discobri coisas mesmo assim*!

"Quer saber qual é o verdadero horror, hein? Bem, é isso; num é o que os diabo-peixe *fizero*, *mas o que vão fazê*! Eles tão trazeno coisa lá de onde viero pra cidade... tão fazeno isso faz ano, e tão diminuíno o ritmo. As casa no norte do rio entre a Water e a Main tão cheinha deles, dos *diabo e das coisa que eles traz*, e quando eles ficá pronto... Te digo, *quando eles ficá pronto*... já ouviu falar de um *shoggoth*?...

"Ei, tu me escutô? Te digo, *eu sei o qu'essas coisas são... eu vi elas de noite quando*... EH... AHHHH... AH! E'IAAHHHH..."

O horrendo imediatismo e o terror inumano do grito do velho quase me fizeram desmaiar. Seus olhos, passando direto por mim e encarando o mar malcheiroso, efetivamente saltaram da cabeça, ao passo que seu rosto era uma máscara de pavor digna de tragédia grega. Sua garra ossuda afundou monstruosamente em meu ombro, e ele não se moveu enquanto eu virava minha cabeça para olhar o que quer que ele houvesse vislumbrado.

Não havia nada que eu pudesse ver. Apenas a maré iminente, com talvez um grupo de ondas mais locais do que as longas linhas de quebras de onda. Mas agora Zadok me chacoalhava, e eu me virei para olhar o colapso daquele rosto paralisado por medo, sucumbindo ao caos de pálpebras espasmódicas e gengivas balbuciantes. No momento, sua voz voltou, embora como um sussurro trêmulo:

– Vai'mbora daqui! Vai'mbora daqui! *Eles viro a gente...* Vai'mbora pelo bem da sua vida! Não espera nada... *Eles agora sabem...* Corre, rápido *pra fora dessa cidade...*

Outra onda pesada avançou contra a alvenaria afrouxada do que um dia foi cais e mudou o sussurro do louco antigo para outro grito inumano e horripilante.

– E... IAAHHHH!... IHAAAAAAA!...

Antes que eu pudesse recuperar meus sentidos espalhados, ele relaxou a mão no meu ombro e correu desvairadamente na direção oposta ao mar, para a rua, virando para o norte próximo da parede de armazém em ruínas.

Olhei de volta para o mar, mas não havia nada lá. E, quando cheguei à Water Street e olhei para o norte, não havia nenhum rastro remanescente de Zadok Allen.

IV

Mal posso descrever o estado de espírito no qual fui deixado por esse episódio agonizante – um episódio simultaneamente louco, patético, grotesco e medonho. O rapaz da mercearia havia me preparado no entanto, e apesar disso a realidade ainda me deixou perplexo e perturbado. Por mais pueril que fosse a história, a honestidade e o horror insanos do velho Zadok me comunicaram um desassossego crescente que se assomava à minha sensação anterior de aversão pela cidade e sua moléstia de sombra intangível.

Posteriormente, eu talvez peneirasse a história e extraísse algum núcleo de alegoria histórica; no momento, eu só queria tirar aquilo da minha cabeça. O tempo avançou até perigosamente tarde – meu relógio dizia que eram 19h15, e o ônibus para Arkham saía da Town Square às 20h –, então tentei elencá-los da forma mais neutra e prática possível enquanto caminhava com rapidez pelas ruas desertas de telhados esburacados e casas inclinadas até o hotel onde deixei minha valise e ia atrás do meu ônibus.

Embora a luz dourada do fim de tarde conferisse aos telhados antigos e chaminés decrépitas um ar de beleza e paz místicas, não conseguia deixar de perscrutar por sobre meu ombro de vez em quando. Eu certamente ficaria bem contente em sair da cidade de

Innsmouth, malcheirosa e sombreada por medo, e desejava que houvesse outro veículo que não o ônibus dirigido por Sargent, aquele sujeito de aparência sinistra. No entanto, não me apressei tão antecipadamente, pois havia detalhes arquitetônicos dignos de se ver a cada esquina silenciosa; pelos meus cálculos, eu poderia cobrir com facilidade a distância necessária em meia hora.

Estudando o mapa do jovem da mercearia à procura de uma rota que eu ainda não tivesse percorrido, escolhi a Marsh Street em vez da State para me aproximar da Town Square. Próximo da esquina da Fall Street, comecei a ver grupos espalhados de burburinhos furtivos e, quando enfim cheguei à praça, vi que quase todas as pessoas na rua estavam congregadas ao redor da porta da Casa dos Gilman. Parecia como se muitos olhos esbugalhados e aquosos que não piscavam me fitassem enquanto eu retirava minha valise na recepção, esperando que nenhuma dessas criaturas desagradáveis me fizesse companhia no ônibus.

Mas o ônibus, um tanto adiantado, chegou chacoalhando pouco antes das 20h, com três passageiros, e um sujeito de aparência maligna na calçada murmurou palavras indistinguíveis para o motorista. Sargent tirou do ônibus uma bolsa de carteiro e jornais num rolo e entrou no hotel; enquanto isso, os passageiros, os mesmos homens que vi chegarem a Newburyport naquela manhã, desceram desengonçados para a calçada e trocaram algumas palavras guturais com um pedestre em uma língua que eu podia jurar que não era inglês. Entrei no ônibus vazio e escolhi o mesmo assento no qual sentara antes, mas mal havia me acomodado até Sargent reaparecer e começar a resmungar em uma voz gutural particularmente repulsiva.

Eu estava, aparentemente, com péssima sorte. Havia algo de errado com o motor, apesar do excelente tempo de percurso vindo de Newburyport, e o ônibus não poderia concluir a viagem até Arkham. Não, não era possível que ele fosse consertado naquela noite nem havia outra maneira de obter transporte para fora de Innsmouth, fosse para Arkham ou qualquer outro lugar. Sargent lamentava, mas eu teria de fazer uma parada no Gilman. Era provável que o balconista baixasse o preço para mim, mas não havia muito o que fazer. Quase desorientado por esse obstáculo repentino e temendo violentamente o anoitecer nessa cidade decadente e mal iluminada, saí do ônibus e entrei de novo na recepção do hotel, onde o balconista noturno, taciturno e de aparência insólita, disse-me que eu poderia ficar com o quarto 428, no penúltimo andar – grande, mas sem água corrente – por um dólar.

Apesar do que eu ouvira falarem a respeito desse hotel em Newburyport, assinei o cadastro, paguei o dólar, deixei o balconista pegar minha valise e segui aquele atendente magro e solitário por três lances rangentes de escada, passando por corredores empoeirados que pareciam completamente desprovidos de vida. Meu quarto, um quarto de fundo deplorável com duas janelas e móveis baratos e enxutos, tinha vista para um pátio sujo cercado por blocos de cimento baixos e abandonados e ostentava a paisagem de telhados decrépitos estendendo-se para o oeste com um interior pantanoso para além deles. No fim do corredor, havia um banheiro – uma relíquia desencorajadora com vaso de mármore, banheira de estanho, luz elétrica fraca e revestimentos de madeira mofados ao redor de todas as peças de encanamento.

Como ainda havia luz solar, desci até a praça e busquei algum modo de jantar, notando, enquanto o fazia, os olhares estranhos que recebia dos transeuntes desagradáveis. Visto que a mercearia estava fechada, fui forçado a gastar meu dinheiro no restaurante que rejeitara antes; um homem corcunda de cabeça estreita, olhos que encaravam e não piscavam, nariz achatado e mãos desajeitadas e inacreditavelmente grossas estava lá. O modelo de serviço era de pedidos no balcão, e fiquei aliviado ao descobrir que muitos pratos eram claramente servidos de latas e pacotes. Uma tigela de sopa de vegetais com biscoitos de água e sal eram suficientes para mim, e logo voltei para meu quarto sem graça no Gilman, tendo obtido um jornal da tarde e uma revista suja do balconista de semblante maligno, no estande instável ao lado de sua mesa.

Conforme o crepúsculo avançava, acendi a única lâmpada elétrica fraca sobre a cama barata de ferro e tentei da melhor forma que pude continuar a leitura já iniciada. Senti que era aconselhável manter minha mente ocupada de modo saudável, pois não seria bom ruminar sobre as anormalidades dessa cidade antiga e sombreada por moléstia enquanto eu ainda estava dentro de suas fronteiras. O enredo insano que eu ouvira do bêbado de idade avançada não prometia sonhos muito agradáveis, e senti que precisava manter a imagem de seus olhos desvairados e aguados o mais longe possível de minha imaginação.

Além disso, eu não deveria pensar no que o inspetor da fábrica contara ao bilheteiro de Newburyport a respeito do Casa dos Gilman e das vozes de seus locatários noturnos... nem nisso nem na face abaixo da tiara na entrada negra da igreja, o rosto cujo horror minha mente consciente não conseguia explicar. Talvez teria sido mais fácil manter minha mente alheia a tópicos perturbadores se o quarto não estivesse tão terrivelmente mofado. Diante daquela situação, o mofo letal misturou-se horrendamente ao odor generalizado de peixe da cidade e se concentrou com persistência nas ideias de morte e deterioração.

Outra coisa que me perturbou foi a ausência de trancas na porta de meu quarto. Havia uma antes, como as marcas mostravam claramente, mas também sinais de uma remoção recente. Sem dúvida parara de funcionar, como tantas outras coisas nesse edifício decrépito. Em meu nervosismo, investiguei ao redor e descobri um parafuso no armário, que parecia do mesmo tamanho, julgando pelas marcas, que o que antes estava na porta. Para ter um alívio parcial da tensão generalizada, eu me ocupava transferindo a peça em questão para o espaço vago com a ajuda de uma ferramenta multiuso que ficava no meu chaveiro e incluía uma chave de fenda. O parafuso se encaixou com perfeição, e fiquei em parte aliviado quando soube que eu podia apertá-lo firmemente quando fosse me deitar. Não que eu tivesse alguma apreensão real relativa a essa necessidade, mas qualquer símbolo de segurança era bem-vindo em um ambiente do tipo. Havia parafusos apropriados nas duas portas laterais para quartos com conexão, e esses eu em seguida apertei.

Não me despi, mas decidi ler até ficar com sono e depois deitar tirando apenas meu casaco, colarinho e sapatos. Retirando uma lanterna de bolso de minha valise, eu a coloquei na calça, de modo que pudesse consultar meu relógio se acordasse mais tarde no escuro. A sonolência, porém, não veio; e, quando parei para analisar meus pensamentos, descobri para minha inquietude que eu na verdade estava inconscientemente tentando escutar algo; tentando escutar algo que eu temia, mas não conseguia nomear. Aquela história do inspetor devia ter atuado sobre minha imaginação mais profundamente do que eu suspeitava. Outra vez, tentei ler, mas descobri que não conseguia avançar na leitura.

Depois de um tempo, parecia que eu ouvia as escadas e corredores rangerem em intervalos de passos e me perguntei se os outros quartos estavam sendo ocupados. Não havia vozes, porém, e isso me fez considerar que havia algo sutilmente furtivo nos rangidos. Não gostava disso, e me questionei se eu devia sequer tentar dormir. A cidade tinha um povo insólito, e sem dúvida ocorreram vários desaparecimentos. Seria esse um daqueles hotéis nos quais viajantes eram mortos por dinheiro? Eu sem dúvida não parecia excessivamente próspero. Ou será que o povo da cidade era mesmo tão ressentido com relação a visitantes curiosos? Teria meu óbvio passeio, com frequentes consultas ao mapa, chamado atenção desfavorável? Ocorreu-me que eu precisava estar num estado muito nervoso para deixar um punhado de rangidos aleatórios me lançar a especulações desse modo... mas ainda assim me arrependi por estar desarmado.

Por fim, sentindo uma fadiga que não continha nada de sono, parafusei a porta do quarto recém-incrementada, desliguei a luz, e me joguei na cama dura e irregular; com casaco, colarinho, sapato e tudo. Na escuridão, todo barulho fraco da noite parecia ampliado e uma inundação de pensamentos desagradáveis me preencheu. Arrependi-me de ter apagado a luz, mas estava cansado demais para me levantar e acendê-la de novo. Depois, após um intervalo longo e triste, e prefaciado por um novo rangido nas escadas e no corredor, veio aquele som suave e terrivelmente inconfundível que parecia a concretização maligna de todas as minhas apreensões. Sem a menor sombra de dúvida, a tranca da porta do meu quarto estava sendo manipulada – cuidadosa, furtiva e diligentemente – com uma chave.

Minhas sensações ao reconhecer esse sinal de perigo real foram talvez relativamente pouco tumultuosas devido aos meus temores vagos de antes. Eu estava, embora sem um motivo definido, com a guarda erguida por instinto – e isso me foi vantajoso diante da crise nova e real, independentemente do que ela revelasse ser. Mesmo assim, a mudança na ameaça de premonição vaga para realidade imediata foi um choque profundo, que recaiu sobre mim com a força de um golpe de verdade. Não me ocorreu em nenhum momento que o remexer pudesse ser mero engano. Motivação maligna era tudo em que eu podia pensar e mantive-me num silêncio mortal, aguardando a próxima ação do suposto intruso.

Depois de um tempo, o chacoalhar cauteloso parou, e ouvi o quarto ao norte ser adentrado com uma chave-mestra. Então, a fechadura da porta que conectava ao meu quarto foi mexida com suavidade. O parafuso aguentou firme, é claro, e ouvi o chão ranger enquanto o invasor saía do cômodo. Depois de um tempo, veio um segundo remexer suave, e eu soube que alguém adentrava o quarto ao sul do meu. De novo, uma mexida em uma porta de conexão parafusada e novamente o ranger de recuo. Dessa vez, o ranger passou pelo corredor e até as escadas, então eu sabia que meu invasor havia deduzido a condição parafusada de minhas portas e desistira de suas tentativas por um intervalo de tempo maior ou menor; o futuro diria.

A prontidão com a qual comecei um plano de ação prova que inconscientemente eu temia alguma ameaça e considerava possíveis rotas de fuga havia horas. Desde o início, senti que o intruso ainda não visto era um perigo que não deveria ser encarado ou abordado, mas sim um do qual eu deveria fugir o quanto antes. A única atitude a se tomar era sair daquele hotel vivo o mais rápido que eu conseguisse, e por algum meio que não fossem as escadas frontais e a recepção.

Levantando-me devagar e ligando a chave da minha lanterna, procurei acender a lâmpada sobre minha cama a fim de escolher e embolsar alguns pertences para uma fuga ligeira sem a valise. Nada, porém, aconteceu, e vi que a energia havia sido desligada. Claramente, algum movimento críptico e maligno ocorria em larga escala… o que era, eu não tinha como dizer. Enquanto eu ponderava com minha mão na chave agora inútil, ouvi um rangido abafado no andar de baixo e pensei que por pouco conseguia identificar vozes conversando. Um momento depois, me senti menos seguro de que os sons graves fossem vozes, visto que os ladros roucos e os coaxos de sílabas soltas tinham tão pouca semelhança com a enunciação humana conhecida. Então, pensei com forças renovadas no que o inspetor de fábrica escutara à noite nesse prédio mofado e pestilento.

Após encher meus bolsos com ajuda da lanterna, coloquei meu chapéu e andei nas pontas dos pés até as janelas em busca de contemplar a probabilidade de descer por elas. Apesar dos regulamentos estaduais de segurança, não havia escada de incêndio desse lado do hotel, e vi que minhas janelas tinham apenas uma queda de três andares para o pátio com pedras. À direita e à esquerda, porém, estabelecimentos construídos com tijolos estavam adjacentes ao hotel e seus telhados de uma água estavam a uma distância que podia ser razoavelmente alcançada com um pulo do quarto andar em que eu estava. Para chegar à altura de qualquer um desses prédios, eu teria de estar a dois quartos de distância do meu – tanto para o norte como para o sul – e minha mente se dedicou no mesmo instante a calcular a probabilidade de eu conseguir efetivar a troca de quarto.

Decidi que não podia arriscar sair para o corredor, onde meus passos sem dúvida seriam ouvidos e onde as dificuldades de entrar no quarto desejado seriam insuperáveis. Meu progresso, se é que ele ocorreria, teria de ser pelas portas de construção menos sólida: as que conectavam quartos uns aos outros e cujas fechaduras e parafusos eu teria de arrombar com violência, usando meu ombro como aríete sempre que elas abrissem para o lado oposto ao meu. Isso, pensei, seria possível devido à natureza instável da casa e suas estruturas, mas percebi que não poderia fazê-lo silenciosamente. Teria de contar com velocidade pura e com a chance de chegar a uma janela antes que quaisquer forças hostis se coordenassem o suficiente para abrir a porta à minha frente com uma chave-mestra. A porta que abria para dentro do meu quarto eu reforcei colocando o armário à frente dela – aos poucos, para fazer o mínimo de som.

Percebi que minhas chances eram bem baixas, e estava totalmente preparado para qualquer calamidade. Mesmo chegar ao outro telhado não resolveria o problema, pois ainda haveria as tarefas de chegar ao chão e escapar da cidade. Uma coisa a meu favor era o estado abandonado e arruinado dos prédios adjacentes, além do número de claraboias com aberturas negras e escancaradas em cada fileira.

Concluindo pelo mapa do rapaz da mercearia que a melhor rota para fora da cidade era pelo sul, observei primeiro a porta de conexão do lado sul do quarto. Era projetada para abrir do meu lado, portanto, vi – após tirar o parafuso e encontrar outros afixadores nela – que não era favorável para arrombar à força. Assim, abandonando-a como rota, cautelosamente movi a cama contra ela para deter qualquer ataque que lhe pudesse ser feito do quarto vizinho. A porta ao norte estava montada para abrir do lado oposto ao meu; essa – embora um teste provasse que estava trancada ou parafusada do outro lado – era a rota que eu sabia que teria de seguir. Se eu conseguisse alcançar os telhados dos prédios na Paine Street e descer com sucesso até o nível do chão, talvez pudesse correr pelo pátio e pelos prédios adjacentes ou opostos à Washington ou à Bates... ou talvez emergir na Paine e andar com cuidado na direção sul para a Washington. De qualquer modo, eu buscaria chegar à Washington de algum modo e sair com agilidade da região da Town Square. Minha preferência seria evitar a Paine, visto que o posto de bombeiros talvez ficasse aberto a noite toda.

Enquanto pensava a respeito, fitei o mar esquálido de telhados deteriorados abaixo de mim, agora iluminados pelos raios de uma lua ainda bem cheia. Do lado direito, o corte negro da garganta do rio trespassava o panorama; a estação ferroviária e as fábricas abandonadas se agarravam às laterais como cracas. Para além da ferrovia abandonada e da estrada para Rowley levavam a uma região plana e pantanosa, salpicada de ilhotas de terreno mais alto e mais seco com vegetação rasteira. Do lado direito, o interior costurado por um córrego estava mais próximo, a estrada estreita para Ipswich brilhando branca sob a luz do luar. Não conseguia ver do meu lado do hotel a rota ao sul para Arkham que eu estava determinado a seguir.

Eu especulava indeciso quando devia atacar a porta ao norte e qual a forma menos audível de fazê-lo quando percebi que os ruídos vagos abaixo haviam dado lugar a um ranger novo e mais pesado nas escadas. Uma luz tremeluzente apareceu através da minha bandeira de porta, e as tábuas do corredor começaram a gemer com uma carga considerável. Sons abafados de origem possivelmente vocal se aproximaram e, por fim, uma batida firme à porta do corredor.

Por um momento, apenas segurei meu fôlego e esperei. Eternidades pareceram passar, e o odor nauseante de peixe no meu ambiente parecia se acumular de forma repentina e espetacular. Depois a batida à porta foi repetida, continuamente e cada vez mais insistente. Eu sabia que chegara o momento de agir e no mesmo instante retirei o parafuso da porta conectora ao norte, me preparando para a tarefa de abri-la com uma investida. As batidas ficaram mais altas, e eu esperava que tal volume acobertasse o som dos meus esforços. Finalmente começando minha tentativa, me lancei de novo e de novo contra a moldura fina com meu ombro esquerdo, ignorando o choque e a dor. A porta resistiu mais do que eu esperava, mas não desisti. E tudo isso enquanto o clamor da porta do corredor aumentava.

Finalmente, a porta conectora cedeu, mas com um barulho tão grande que eu sabia que os que estavam do lado de fora necessariamente escutaram. No mesmo instante, as batidas à porta do corredor viraram pancadas violentas, enquanto chaves ressoavam de forma ameaçadora nas portas externas de ambos os quartos vizinhos ao meu. Correndo pela conexão recém-aberta, obtive sucesso em parafusar a porta da sala ao norte antes que a fechadura pudesse ser virada, mas, mesmo enquanto o fazia, ouvi a porta do corredor do terceiro quarto – aquele cuja janela eu esperava usar para chegar ao telhado abaixo – sendo mexida com uma chave-mestra.

Por um instante, senti desespero absoluto, visto que meu encurralamento em um cômodo sem saída pela janela parecia completo. Uma onda de horror quase anormal me percorreu e revestiu com singularidade horrível, mas inexplicável, as pegadas de poeira iluminadas pela lanterna e feitas pelo intruso que anteriormente tentara abrir a porta desse quarto para o meu. Em seguida, com um automatismo atordoado que permanecia apesar da desolação, fui até a porta conectora seguinte e realizei a ação às cegas de empurrá-la num esforço para passar e – caso os afixamentos ficassem tão oportunamente intactos quanto os desse segundo quarto – parafusar a porta do corredor antes que a fechadura pudesse ser virada pelo lado de fora.

O puro acaso fortuito me concedeu minha prorrogação, dado que a porta conectora à minha frente não apenas estava destrancada como também efetivamente entreaberta. Em um segundo eu havia atravessado, e tinha meu joelho e ombro direitos contra uma porta de corredor que visivelmente se abria para dentro. Minha pressão pegou aquele que a abria de surpresa, pois a coisa fechou quando empurrei, de modo que pude colocar o parafuso em boas condições como fizera com a porta anterior. Ao ganhar essa folga, ouvi os murros nas outras duas portas diminuírem, ao passo que um tinido confuso veio da porta conectora que eu havia bloqueado com a cama. Era evidente que a maior parte dos meus agressores havia entrado no quarto mais ao sul e estava se aglomerando em um ataque lateral. Mas, no mesmo momento, uma chave-mestra soou na porta seguinte ao norte, e eu soube que um perigo mais próximo se apresentava.

A porta conectora ao norte estava totalmente aberta, mas não havia tempo para pensar em conferir a fechadura já virando no corredor. Tudo o que eu podia fazer era fechar e parafusar a porta conectora aberta, bem como sua companheira do lado oposto – empurrando a cama contra uma e o armário contra a outra e colocando o lavatório contra a porta do corredor. Vi que precisava confiar nessas barreiras improvisadas para me proteger até que eu conseguisse sair da janela e ir parar no telhado no quarteirão da Paine Street. Mas mesmo nesse momento agudo meu horror maior era algo alheio às fraquezas imediatas de minhas defesas. Eu estremecia porque nenhum de meus perseguidores, apesar de emitirem hediondos ofegos, grunhidos e latidos contidos em intervalos irregulares, pronunciava um som vocal que não fosse abafado ou ininteligível.

Enquanto eu movia a mobília e corria até as janelas, ouvi passos apressados e aterrorizantes no corredor para o quarto ao meu norte e percebi que os murros ao sul haviam cessado. Claramente, a maioria de meus oponentes estava prestes a se concentrar contra a frágil porta conectora que sabiam necessariamente levar direto até onde eu estava. Do lado exterior, a lua brilhava sobre a cumeeira do quarteirão abaixo e vi que o salto seria de um perigo desesperador devido à superfície íngreme na qual eu precisava pousar.

Avaliando as condições, escolhi a janela mais ao sul entre as duas como meu ponto de fuga, planejando aterrissar no declive interno do telhado e ir até a claraboia mais próxima. Depois que estivesse dentro de uma das estruturas de tijolo decrépita, eu teria de levar a perseguição em conta, mas esperava descer e desviar de um lado e do outro dos vãos de porta enormes pelo pátio umbroso, chegando uma hora ou outra à Washington Street e escapando da cidade pelo sul.

Os tinidos da porta conectora ao norte agora eram terríveis e notei que a moldura fraca estava começando a se lascar. Era óbvio que os cercadores haviam adotado um objeto pesado para usar como aríete. A cama, porém, ainda aguentava firme; então eu pelo menos tinha uma chance mínima de obter sucesso em minha fuga. Quando abri a janela, percebi que ela era flanqueada por cortinas aveludadas pesadas, suspensas em uma barra por anéis de latão, e também que havia um grande prendedor de janela no lado externo. Vendo um possível meio de evitar o salto perigoso, tirei as cortinas e levei-as ao chão, com barra e tudo, depois prendi dois dos anéis ao prendedor de janela e joguei a cortina para fora. As pregas pesadas alcançavam por completo o telhado adjacente, e calculei que os anéis e o prendedor provavelmente seriam capazes de aguentar meu peso. Então, subindo na janela e descendo na escada de corda improvisada, abandonei para sempre o tecido mórbido e infestado de horror do Casa dos Gilman.

Aterrissei com segurança nas telhas soltas do telhado íngreme e consegui chegar à claraboia larga e negra sem escorregar. Olhando para cima, para a janela que eu deixara, observei que ainda estava escura, embora depois das chaminés deterioradas eu conseguisse ver luzes brilhando com mau agouro no Salão da Ordem de Dagon, na igreja batista e na igreja congregacional cuja lembrança me dava tantos arrepios. Parecia não haver ninguém no pátio abaixo, e eu esperava que houvesse uma chance de escapar antes que um alerta geral se alastrasse. Apontando minha lanterna de bolso para a claraboia, reparei que não havia degraus para descer. A distância era curta, porém; então, subi pela beirada e me soltei, acertando um chão empoeirado cheio de caixas e barris desmoronados.

O lugar tinha aparência macabra, mas esse tipo de impressão já não me importava tanto e imediatamente fui para a escada revelada por minha lanterna, logo após um relance apressado sobre meu relógio, que me mostrou que eram 2h da manhã. Os degraus rangiam, mas pareciam aceitavelmente seguros, e eu desci correndo por um segundo andar que parecia um celeiro até chegar ao térreo. O abandono era completo; apenas ecos respondiam a meus passos. Por fim, cheguei ao salão mais baixo, em cuja extremidade vislumbrei um fraco retângulo luminoso marcando o vão de porta arruinado que dava para a Paine Street. Dirigindo-me para o outro sentido, descobri que a porta dos fundos também estava aberta e disparei saindo e descendo cinco degraus até a calçada de pedras repleta de grama do pátio.

A luz da lua não chegava até ali embaixo, mas consegui enxergar por onde caminhava sem usar a lanterna. Algumas das janelas laterais do Casa dos Gilman estavam brilhando fracas, e achei ter ouvido sons confusos vindos de dentro. Andando a passos leves para o lado da Washington Street percebi vários vãos de porta abertos e escolhi o mais próximo como minha rota de fuga. O corredor do lado de dentro estava preto e, quando atingi a outra extremidade, notei que a porta para a rua estava emperrada e que não seria possível abri-la. Decidido a tentar outro prédio, retrocedi apalpando o caminho de volta ao pátio, mas me detive quando estava perto do vão da porta.

Porque saía, de uma porta aberta no Casa dos Gilman, uma grande multidão de formas duvidosas: lanternas balançando no escuro e vozes terríveis e coaxantes trocando exclamações em uma língua que definitivamente não era inglês. As silhuetas se moviam incertas e, para meu alívio, me dei conta de que eles não sabiam meu paradeiro; mas, apesar disso, eles me fizeram arrepiar em todo o meu corpo. Suas feições não eram distinguíveis, mas seu andar agachado e mole era abominavelmente repulsivo. E o pior de tudo, percebi uma figura que estranhamente trajava um manto e inconfundivelmente trazia em sua cabeça uma tiara alta de desenho demasiado familiar. Conforme as silhuetas se espalhavam pelo pátio, senti meus temores aumentarem. E caso eu não conseguisse encontrar fuga desse prédio pelo lado da rua? O cheiro de peixe era detestável e eu tinha dúvidas de que conseguiria aguentá-lo sem desmaiar. Novamente apalpando um caminho até a rua, abri uma porta da sala de estar e me deparei com um quarto vazio com janelas bem fechadas, mas sem pinázios. Atrapalhando-me em meio aos feixes de minha lanterna, descobri que conseguia abrir a janela e, num momento seguinte, havia saído dela e estava fechando com cautela a abertura e deixando-a como estava originalmente.

Eu agora estava na Washington Street e, no momento, não via qualquer ser vivo ou luz que não fosse a da lua. De várias direções à distância, porém, eu conseguia ouvir o som de vozes ásperas, de passos e de um tipo curioso de tamborilar que não soava exatamente como passos. Eu simplesmente não tinha tempo a perder. Os pontos cardeais estavam claros para mim e eu estava feliz que a iluminação de rua estivesse desligada, como é costume em noites de lua brilhante em regiões rurais pouco prósperas. Alguns dos sons vinham do sul, mas ainda assim mantive meu plano de escapar por aquela direção. Sabia que haveria vários vãos de porta abandonados para me abrigar caso eu encontrasse qualquer pessoa ou grupo que parecesse estar no meu encalço.

Andei com rapidez e passos leves perto das casas em ruínas. Embora sem chapéu e com o cabelo desgrenhado após minha descida árdua, minha aparência não chamava muita atenção e eu tinha boa chance de passar despercebido se fosse forçado a cruzar o caminho de qualquer pedestre casual. Na Bates Street, entrei em um vestíbulo escancarado enquanto duas figuras desajeitadas passavam na minha frente, mas logo retomei meu caminho e me aproximei do espaço aberto onde a Eliot Street atravessava de maneira oblíqua a Washington no cruzamento com a South. Embora eu nunca tivesse visto esse espaço, ele me pareceu perigoso no mapa do jovem da mercearia, visto que a luz da lua estaria desimpedida ali. Não adiantava tentar escapar dele, pois qualquer rota alternativa envolveria desvios que levariam a certo grau de visibilidade e a um atraso possivelmente desastrosos. A única coisa a fazer era atravessá-lo de modo franco e audaz, imitando o típico andar mole do povo de Innsmouth da melhor maneira que podia e confiando que ninguém – ou, pelo menos, nenhum dos meus perseguidores – estivesse lá.

O quanto exatamente a perseguição era organizada – e qual, de fato, poderia ser sua razão – eu não conseguia cogitar. Parecia haver uma atividade atípica na cidade, mas eu estimava que a notícia de minha fuga do Gilman ainda não se espalhara. Eu logo precisaria, é claro, sair da Washington e entrar em outra que seguisse rumo ao sul, pois aquele grupo do hotel sem dúvida estaria atrás de mim. Devo ter deixado pegadas naquele último prédio empoeirado, revelando como eu havia chegado à rua.

O espaço aberto era, como eu esperava, fortemente iluminado pela lua; e vi em seu centro, cercado por ferro, os resquícios de um gramado similar ao de um parque. Felizmente ninguém estava por lá, embora um burburinho ou estrondo parecesse aumentar na direção da Town Square. A South Street era bem larga, conduzindo diretamente a um leve declive para a margem e ostentando longa vista para o mar, e eu esperava que ninguém estivesse olhando para ela de longe enquanto eu cruzava-a sob a luz do luar.

Meu progresso foi desimpedido e nenhum som novo apareceu para sugerir que eu havia sido espiado. Olhando para meus arredores, involuntariamente deixei meu passo diminuir por um segundo para absorver a vista do mar ao fim da rua, belo sob o luar ardente. Bem depois do quebra-mar havia a linha escura e turva do Recife do Diabo e, enquanto o vislumbrava, não conseguia deixar de pensar em todas aquelas lendas hediondas que eu escutara nas trinta e quatro horas anteriores; lendas que retratavam aquela rocha irregular como passagem legítima para reinos de horror inexplicável e anormalidade inconcebível.

Então, sem aviso, enxerguei os lampejos intermitentes de luz no recife distante. Eles eram nítidos e inconfundíveis, despertando na minha mente um horror cego que transcendia qualquer proporção de racionalidade. Meus músculos se contraíram para uma fuga em pânico, detida apenas por certa cautela inconsciente e fascínio semi-hipnótico. E, para piorar a situação, agora lampejava da elevada torre de telhado do Casa dos Gilman, elevado atrás de mim ao nordeste, uma série de brilhos análogos, mas com diferentes intervalos, que não podiam ser nada além de um sinal de resposta.

Controlando meus músculos e me dando conta do quanto eu estava visível, continuei meus passos mais rápidos e de moleza fingida, embora ainda mantivesse meus olhos naquele recife infernal e agourento enquanto a abertura da South Street me desse uma vista para o mar. O que o procedimento significava, eu não tinha como imaginar; a não ser que envolvesse algum ritual estranho conectado ao Recife do Diabo ou a não ser que algum grupo houvesse desembarcado naquela rocha sinistra. Eu agora virava à esquerda, rodeando o gramado arruinado, ainda olhando para o oceano enquanto este ardia sob a luz do luar de verão e olhando os lampejos crípticos daqueles sinalizadores anônimos e inexplicáveis.

Foi então que a impressão mais horrível de todas recaiu sobre mim – a impressão que destruiu meu último vestígio de autocontrole e me fez correr em ritmo frenético para o sul e para longe dos vãos de porta imensos e janelas que encaravam com olhos de peixe daquele pesadelo de rua deserta. Com um olhar mais atento, notei que as águas entre o recife e a praia, iluminadas pela lua, não estavam nada vazias. Estavam vivas com uma horda repleta de formas nadando em direção à cidade; e mesmo com a vasta distância entre eles e mim e um único momento de percepção da minha parte, pude discernir que as cabeças subindo e descendo e os braços nadando eram alienígenas e aberrantes de uma forma que mal pode ser expressa ou conscientemente formulada.

Minha corrida frenética parou antes que eu percorresse um quarteirão, pois à minha esquerda comecei a ouvir algo como o aspecto e os gritos de uma perseguição organizada. Houve passos e sons guturais, e um motor barulhento chiou ao sul pela

Federal Street. Em um segundo, todos os meus planos mudaram por completo; pois, se a rodovia ao sul estivesse bloqueada à minha frente, eu claramente precisava encontrar outra saída de Innsmouth. Parei e adentrei um vão de porta escancarado, refletindo sobre a sorte que tive de deixar o espaço aberto e iluminado pelo luar antes que os perseguidores passassem pela rua paralela.

Uma segunda reflexão foi menos reconfortante. Visto que a perseguição ocorria na outra rua, era evidente que o grupo não me seguia diretamente. Não tinham me visto, mas só seguiam um plano geral de interromper minha fuga. Isso, porém, sugeria que todas as estradas para fora de Innsmouth estavam igualmente patrulhadas, pois os habitantes não tinham como saber qual rota eu pretendia percorrer. Se fosse o caso, eu teria de fazer meu recuo para outro território fora de qualquer estrada; mas como eu faria isso, considerando a natureza pantanosa e cheia de córregos da região circunjacente? Por um momento, meu cérebro vacilou – tanto pela total desolação como pelo rápido aumento no onipresente odor de peixe.

Então, pensei na ferrovia abandonada para Rowley, cuja linha sólida de terra com cascalho e cheia de ervas daninhas ainda se estendia para o noroeste a partir da estação despedaçada no limiar da garganta do rio. Havia apenas alguma chance de que a população da cidade não pensasse nisso, já que o seu abandono à densa vegetação espinhosa a tornou quase intransponível, e a rota mais improvável para um fugitivo escolher. Eu a tinha identificado claramente da minha janela do hotel e sabia como se dispunha. A maior parte de seu trecho inicial era desconfortavelmente visível da estrada para Rowley e de lugares altos na própria cidade; mas talvez desse para rastejar discretamente pela vegetação rasteira. De qualquer modo, isso constituía minha única chance de sucesso e não havia nada a fazer senão tentar.

Entrando na sala principal do meu abrigo deserto, consultei mais uma vez o mapa do rapaz da mercearia com ajuda da lanterna.

O problema imediato era como chegar à antiga ferrovia, e eu agora via que o trajeto mais seguro era continuar em frente até a Babson Street, depois ao oeste até a Lafayette – andando cuidadosamente ali , mas sem cruzar um espaço aberto similar ao que eu tinha atravessado – e depois seguir ao norte e ao oeste em uma linha ziguezagueada pelas ruas Lafayette, Bates, Adams e Bank – a última à margem da garganta do rio – e até a estação dilapidada que eu vira de minha janela. Minha razão para seguir em frente até a Babson era porque não desejava cruzar de novo o espaço aberto anterior nem começar meu trajeto para o oeste por uma travessa tão larga quanto a South.

Recomeçando, atravessei a rua para o lado direito a fim de entrar na Babson da maneira mais discreta possível. Ruídos ainda prosseguiam na Federal Street e, ao relancear para trás de mim, vislumbrei um clarão próximo ao prédio por meio do qual eu tinha escapado. Ansioso para deixar a Washington Street, dei início a um trote de cão silencioso, confiando à sorte que eu não encontrasse nenhum olho atento. Próximo à esquina da Babson Street, vi, para meu alarme, que uma das casas ainda era habitada, como indicado pelas cortinas na janela, mas não havia luzes acesas e passei por ela sem desastres.

Na Babson Street, que atravessava a Federal e poderia, portanto, revelar-me a meus perseguidores, eu me ative o mais próximo possível aos prédios irregulares e entortados, parando duas vezes em um vão de porta quando os ruídos atrás de mim aumentaram por um momento. O espaço aberto à frente brilhava largo e deserto sob a lua, mas meu trajeto não me forçaria a atravessá-lo. Durante minha segunda pausa, comecei a detectar uma nova distribuição de sons vagos e, ao perscrutar cautelosamente de um esconderijo, identifiquei um automóvel disparando pelo espaço aberto com destino para fora da cidade pela Eliot Street, que ali cruzava tanto com a Babson como com a Lafayette.

Enquanto observava – sufocado pelo aumento repentino no odor de peixe após uma breve atenuação –, vi um bando de formas grosseiras e acocoradas marchando a passos peculiares e desengonçados na mesma direção; e soube que este deveria ser o grupo destinado a vigiar a estrada para Ipswich, já que a rodovia em questão compõe uma extensão da Eliot Street. Duas das figuras que vislumbrei trajavam mantos volumosos e uma vestia um diadema com crista que emitia um brilho branco sob o luar. Os passos dessa figura eram tão estranhos que me causaram arrepios; pois me parecia que a criatura quase *saltitava*.

Quando o último do bando não estava mais à vista, continuei a avançar, disparando pela esquina para entrar na Lafayette Street e atravessando a Eliot com bastante pressa para o caso de retardatários do grupo ainda estarem avançando pela referida via. Ouvia sons de coaxo e algazarra ao longe, na direção da Town Square, mas completei a travessia sem desastres. Meu maior medo era atravessar novamente a South Street – larga, iluminada pela lua e com sua vista para o mar – e tinha de preparar meus nervos para a tarefa. Alguém poderia muito bem estar à espreita, e possíveis retardatários da Eliot Street não teriam como não me enxergar de qualquer uma das duas extremidades. No último instante, decidi que era melhor amolecer meu trote e atravessar o trecho como antes, com o passo desajeitado de um nativo de Innsmouth típico.

Quando a vista da água se abriu novamente para mim – dessa vez à minha direita –, eu estava parcialmente determinado a não a fitar de modo algum. Não consegui, contudo, resistir; relanceei de lado enquanto cambaleava de forma imitativa e cautelosa em direção à proteção das sombras à frente. Não havia navios à vista, como eu em parte esperava que houvesse. Em vez disso, a primeira imagem que atraiu a atenção dos meus olhos foi um pequeno barco a remo se movendo na direção dos cais abandonados e carregando um objeto robusto coberto com um encerado.

O aspecto dos remadores, embora distantes e turvos à vista, era excepcionalmente repulsivo. Vários nadadores ainda eram distinguíveis, ao passo que no recife negro eu conseguia identificar um brilho fraco e constante diferente do farol piscante antes visível e de uma cor curiosa que eu não conseguia determinar com precisão. Acima dos telhados à frente e à direita pairava a alta torre de telhado da Casa dos Gilman, mas ela estava completamente escura. O odor de peixe foi dissipado por um momento graças a uma brisa misericordiosa e, na sequência, cercou-me novamente com intensidade enlouquecedora.

Não havia atravessado a rua por completo quando ouvi um bando murmurante avançando do norte pela Washington. Ao chegarem ao espaço aberto e amplo no qual tive meu primeiro vislumbre perturbador da água, pude vê-los claramente a apenas um quarteirão de distância – e fiquei horrorizado pela anormalidade bestial de seus rostos e subumanidade canina de seu andar. Um homem com certeza se movia de modo simiesco, com braços longos que resvalavam o chão com frequência; enquanto outra figura – com manto e tiara – parecia avançar quase que saltitando. Considerei que o grupo em questão era o que eu havia visto no pátio do Gilman – o que, portanto, estava mais perto do meu encalço. Conforme algumas silhuetas se viraram para olhar na minha direção, fiquei estupefato de terror, mas ainda consegui preservar o andar casual e desajeitado que incorporara. Até hoje não sei se eles me viram ou não. Se viram, meu estratagema deve tê-los enganado, pois eles passaram pelo espaço iluminado pela lua sem alterar o trajeto... enquanto coaxavam e tagarelavam em um patoá gutural odioso que eu era incapaz de identificar.

Novamente nas sombras, retomei meu trote de cão pelas casas inclinadas e decrépitas que encaravam a noite com um olhar vazio. Tendo atravessado para a calçada oeste, dobrei a esquina mais próxima na Bates Street, onde me mantive próximo aos prédios do lado sul. Passei por duas casas que mostravam sinais de habitação, das quais uma tinha luzes fracas nos cômodos superiores, mas não encontrei obstáculos. Ao virar na Adams Street, me senti sensivelmente mais seguro, mas levei um choque quando um homem saiu de um vão de porta obscuro diretamente à minha frente. Ele provou, contudo, estar bêbado demais para se revelar uma ameaça, então cheguei em segurança às deploráveis ruínas de depósitos da Bank Street.

Ninguém se mexia naquela rua morta ao lado da garganta do rio, e o bramido das quedas-d'água efetivamente afogava meus passos. Foi um longo trote de cão até a estação arruinada e o grande armazém com paredes de tijolo ao meu redor parecia de algum modo mais aterrorizante do que as fachadas das residências privadas. Pelo menos eu via a antiga estação arqueada – ou o que restava dela – e fui diretamente aos trilhos que começavam na sua ponta mais distante.

Os trilhos estavam enferrujados, mas em maior parte intactos e menos da metade dos dormentes havia sido consumida pela putrefação. Andar ou correr numa superfície assim era bastante difícil, mas fiz o meu melhor e, no geral, avançava num ritmo razoável. Por um período, a linha seguia a margem da garganta, mas no fim cheguei à longa ponte coberta que atravessava o abismo a uma altura estonteante. A condição dessa ponta definiria meu passo subsequente. Se fosse humanamente possível, eu a usaria; caso contrário, teria de arriscar mais trânsito pelas ruas e usar a ponte de rodovia mais próxima entre as intactas.

A extensão vasta e análoga a um celeiro da ponte velha tinha um brilho espectral sob o luar, e percebi que os dormentes eram seguros pelo menos no primeiro metro. Ao entrar, comecei a usar minha lanterna e quase fui derrubado pela nuvem de morcegos que passaram por mim batendo as asas. Mais ou menos no meio do caminho havia uma perigosa lacuna nos dormentes que por um momento temi ser capaz de me deter, mas, no fim, arrisquei um salto desesperado e felizmente bem-sucedido.

Fiquei feliz ao ver de novo a luz do luar quando emergi do túnel macabro. Os trilhos arcaicos atravessavam a River Street no mesmo nível e imediatamente viraram para uma região cada vez mais rural e com cada vez menos do odor abominável de peixe de Innsmouth. Ali, o crescimento denso de ervas daninhas e arbustos espinhosos me atrapalharam e rasgaram minhas roupas com crueldade, mas isso não me deixou menos contente por tê-los para me ocultar em caso de perigo. Sabia que essa parte de meu trajeto necessariamente era visível da estrada para Rowley.

A região pantanosa começou pouco depois, com uma única pista em um terrapleno baixo e relvado no qual o crescimento de arbustos era mais esparso. Então veio algo como uma ilha de terreno mais elevado, no qual a linha passava por um corte baixo envolvido por arbustos e espinheiros. Estava bem contente com esse abrigo parcial, já que a essa altura a estrada para Rowley ficava desconfortavelmente próxima de acordo com a minha vista da janela. No fim do corte eu atravessaria os trilhos e desviaria para uma distância mais segura, mas nesse ínterim eu precisava ser excepcionalmente cauteloso. Nesse momento, eu felizmente já tinha certeza de que a ferrovia em si não era patrulhada.

Pouco antes de entrar no corte, olhei rapidamente para trás, mas não vi perseguidor algum. Os antigos pináculos e telhados da decadente Innsmouth cintilavam de um jeito adorável e etéreo sob a mágica luz amarela da lua, e pensei em como devia ser sua aparência antes que as sombras recaíssem sobre ela. Então, conforme meu olhar saía da cidade e rumava para o interior, algo menos tranquilo prendeu minha voz e me imobilizou por um segundo.

O que vi – ou pensei ter visto – foi uma sugestão perturbadora de movimento ondular longe ao sul, sugestão que me fez concluir que uma grande horda devia estar saindo da cidade pela estrada para Ipswich na mesma altura. A distância era grande, e eu não conseguia distinguir qualquer detalhe, mas não gostava nem um pouco da aparência daquela coluna em movimento. Ondulava demais, e refletia com um brilho forte demais os raios da lua agora a caminho do oeste. Havia também uma sugestão de som, embora o vento soprasse no outro sentido: uma sugestão de arranhões e murros bestiais ainda piores do que o murmúrio dos grupos que eu ouvira pouco antes.

Todo tipo de conjectura desagradável passou pela minha mente. Ponderei sobre aqueles tipos extremos de Innsmouth supostamente escondidos em tocas seculares e destroçadas perto do litoral. Pensei também nos nadadores inominados que havia visto. Contando os grupos até agora vistos, bem como os que em teoria cuidavam de outras estradas, o número de criaturas no meu encalço era estranhamente grande para uma cidade despovoada como Innsmouth.

De onde poderia vir a densidade de membros da coluna que eu então contemplava? Será que tais tocas antigas e sem encanamento abundavam em vidas distorcidas, não registradas e indetectáveis? Ou será que um navio não visto desembarcou uma legião de forasteiros desconhecidos naquele recife infernal? Quem eram eles? Por que estavam ali? E se uma coluna deles vasculhava a estrada para Ipswich, será que as patrulhas das demais estradas eram igualmente numerosas?

Entrei no corte arbustivo e avançava com dificuldade num ritmo lento quando aquele maldito odor de peixe novamente se intensificou e se fez predominante. Será que o vento de repente mudara para o leste, soprando do mar e passando pela cidade? Concluí que sim, visto que agora comecei a ouvir burburinhos guturais daquela direção anteriormente silenciosa. Também havia outro som: um tipo maciço e colossal de ruflar ou tamborilar que, de certo modo, remetia a imagens do tipo mais detestável.

Fazia com que eu tivesse pensamentos ilógicos a respeito daquela coluna ondulante na distante estrada para Ipswich.

Em seguida, tanto o fedor como os sons ficaram mais fortes, então parei trêmulo e grato pela proteção do corte. Lembrei-me de que era ali que a estrada para Rowley ficava muito perto da velha ferrovia antes de divergir para o oeste. Algo vinha naquela estrada, e eu precisava me manter discreto até que ela passasse e desaparecesse à distância. Graças aos céus que essas criaturas não usavam cães farejadores – embora fazê-lo talvez fosse impossível em meio ao onipresente odor regional. Agachado entre os arbustos daquela fenda arenosa, me sentia razoavelmente seguro, embora soubesse que aqueles que estavam no meu encalço cruzariam a pista à minha frente a menos de cem metros dali. Eu conseguiria vê-los, mas eles não conseguiriam – salvo por um milagre maligno – me ver.

Imediatamente comecei a sentir medo de olhar para eles enquanto passavam. Identifiquei o espaço próximo iluminado pela lua por onde eles avançariam, e tive pensamentos curiosos a respeito da poluição irredimível daquele espaço. Eles talvez fossem os piores de todos os tipos de Innsmouth – algo que ninguém se importava em lembrar.

O cheiro ficou fulminante e os sons se tornaram uma balbúrdia de coaxos, uivos e latidos sem a menor sugestão de dicção humana. Eram essas, de fato, as vozes dos meus perseguidores? Eles tinham cachorros, afinal? Até então, não havia visto nenhum dos animais inferiores em Innsmouth. Aquele ruflar ou tamborilar era monstruoso; não era capaz de mirar as criaturas degeneradas responsáveis por ele. Eu manteria meus olhos fechados até que os sons minguassem em direção ao oeste. A horda agora estava bem próxima: o ar asqueroso com seus rosnados roucos e o chão quase tremendo com suas passadas de ritmo alienígena. Minha respiração quase parou e dediquei até a última gota de força de vontade à tarefa de manter minhas pálpebras fechadas.

Até hoje não consigo determinar se o que veio em seguida foi uma realidade hedionda ou apenas uma alucinação pesadelar. A ação posterior do governo devido a meus apelos frenéticos tenderia a confirmar os eventos como verdade monstruosa, mas não era possível que uma alucinação se repetisse sob o feitiço quase hipnótico daquela cidade antiga e tão sombreada e assombrada? Lugares assim têm propriedades estranhas, e o legado de um folclore insano pode muito bem ter agido em mais de uma imaginação humana em meio às ruas mortas e amaldiçoadas com fedor e aos amontoados de telhados carcomidos e torres despedaçadas. Não é possível que o germe de uma loucura literalmente contagiosa espreite nas profundezas daquela sombra em Innsmouth? Quem pode ter certeza da realidade depois de ouvir coisas como a história do velho Zadok Allen? Os homens do governo nunca encontraram o coitado do Zadok, e não têm hipótese alguma sobre o que lhe aconteceu. Onde a loucura vai embora e a realidade começa? É possível que até mesmo meu medo mais recente seja puro delírio?

Mas preciso tentar contar o que pensei ter visto naquela noite sob o paródico luar amarelo – o que vi ondular e saltitar pela estrada para Rowley a olho nu bem diante de mim enquanto eu me agachava entre os espinheiros daquele corte ferroviário abandonado. Claro que minha determinação em manter os olhos fechados fracassara. Estava fadada ao fracasso; pois quem poderia encolher-se sem olhar enquanto uma legião de entidades aos coaxos e latidos de origem desconhecida circulava de maneira desengonçada e barulhenta a cerca de cem metros de distância?

Pensei estar preparado para o pior, e deveria mesmo estar preparado, considerando o que eu vira antes. Meus outros perseguidores haviam sido amaldiçoadamente anormais, então eu não deveria estar pronto para ver uma *intensificação* do elemento anormal; para contemplar formas cuja mistura não tinha absolutamente nada de normal? Não abri meus olhos até que o clamor barulhento ficasse alto em um ponto obviamente bem à frente. Soube, então, que uma longa parcela deles deveria estar totalmente visível onde as laterais do corte ficavam planas e a estrada cruzava a ferrovia... e não mais consegui resistir a obter uma amostra de qualquer que fosse o horror que a expressão maliciosa da lua amarela tinha a mostrar.

Era o fim, por tudo o que resta de minha vida na superfície desta terra, de cada vestígio de paz mental e confiança na integridade da Natureza e da mente humana. Nada que eu pudesse ter imaginado – nada que eu sequer pudesse ter deduzido caso acreditasse na história maluca do velho Zadok na forma mais literal – seria de algum jeito comparável à realidade demoníaca e blasfema que testemunhei... ou acredito ter testemunhado. Tentei aludir ao que era para postergar o horror de escrever de fato. É mesmo possível que este planeta tenha dado vida a coisas assim; que olhos humanos tenham mesmo visto, como carne objetiva, o que o homem até então apenas conhecera em fantasias febris e lendas tênues?

Apesar disso, eu os vi em uma torrente sem-fim – cambaleando, saltitando, coaxando, balindo – ondulando desumanamente pelo luar espectral em uma sarabanda maligna e grotesca de pesadelo fantástico. E alguns deles dispunham de tiaras altas daquele metal anônimo branco-dourado... alguns tinham mantos estranhos... e um, que liderava a procissão, estava envolvido em calças listradas e um sobretudo negro com uma corcova horripilante, tendo também um chapéu de feltro masculino apoiado na coisa disforme que se passava por cabeça...

Acho que a cor predominante deles era um verde meio cinzento, embora tivessem barrigas brancas. Eles eram na maioria brilhosos e escorregadios, mas as cristas de suas costas eram escamosas. Suas formas sugeriam vagamente o antropomorfo, ao passo que suas cabeças eram cabeças de peixe, com enormes olhos esbugalhados que nunca se fechavam. Nas laterais de seus pescoços havia guelras palpitantes e suas patas longas apresentavam membranas entre os dedos. Eles saltitavam de modo irregular, às vezes com duas pernas e às vezes com quatro. De algum modo, fiquei contente por eles não terem mais do que quatro membros. Suas vozes coaxantes e ladrantes, claramente usadas para falas articuladas, continham todos os tons trevosos de expressão que faltavam em seus rostos de olhos fixos.

Mas, apesar de toda a monstruosidade, eles não deixavam de ser familiares para mim. Eu sabia muito bem o que tinham de ser; pois não estava a memória daquela tiara maligna em Newburyport ainda fresca? Eles eram os peixes-rãs blasfemos do desenho anônimo – vivos e horríveis – e, enquanto os via, sabia também do que aquele sacerdote corcunda e de tiara no térreo da igreja negra havia me lembrado tão terrivelmente. Quantos eram, isso não dava para adivinhar. Parecia-me que eram um enxame ilimitado deles... e certamente meu vislumbre momentâneo poderia ter mostrado apenas a menor fração possível. No instante seguinte, tudo foi acobertado por um desmaio misericordioso; o primeiro que tive em toda a minha vida.

V

Foi uma chuva ensolarada que me acordou de meu torpor no corte ferroviário arbustivo e, quando cambaleei para a estrada adiante, não enxerguei vestígios ou pegadas na lama fresca. O odor de peixe também sumira. Os telhados arruinados e as torres à beira do colapso pairavam cinza ao sudeste, mas nenhum ser vivo eu avistei ao longo dos pântanos salgados ao redor. Meu relógio ainda funcionava, e me dizia que havia passado do meio-dia.

A realidade do que eu havia vivenciado era altamente incerta em minha mente, mas eu sentia que algo hediondo espreitava no pano de fundo. Eu precisava me afastar de Innsmouth e de sua sombra maligna; e assim comecei a testar minhas capacidades de locomoção, desgastadas e com câibras. Apesar do cansaço, da fome, do horror e da perplexidade, depois de um longo tempo descobri que era capaz de andar, então segui devagar pela estrada lamacenta para Rowley. Antes do crepúsculo eu estava no vilarejo, obtendo uma refeição e providenciando roupas apresentáveis para mim. Peguei o trem da noite rumo a Arkham e, no dia seguinte, tive uma conversa longa e sincera com os funcionários do governo de lá; um processo que depois repeti em Boston. Com o principal resultado desses colóquios, o público agora está familiarizado – e desejo, pelo bem da normalidade, que não houvesse mais nada para contar. Talvez seja a loucura que esteja me tomando... mas talvez um horror maior – ou maravilha maior – esteja estendendo a mão.

Como seria de se imaginar, desisti da maior parte das atrações pré-planejadas do restante da minha viagem – as distrações paisagísticas, arquitetônicas e antiquárias com as quais contava tanto. Também não ousei ir atrás daquele artefato de joalheria estranha supostamente no museu da universidade Miskatonic. O que fiz, contudo, foi incrementar minha estada em Arkham colecionando anotações genealógicas que eu há muito queria ter em mãos; dados grosseiros e apressados, é verdade, mas capazes de grande serventia posterior, quando eu talvez tivesse tempo para agrupá-los e codificá-los. O curador da sociedade histórica de lá – o sr. E. Lapham Peabody – me prestou assistência com muita cortesia e expressou interesse atípico quando lhe contei que era neto de Eliza Orne de Arkham, que nascera em 1867 e se casara com James Williamson de Ohio aos dezessete anos.

Parecia que um tio materno meu estivera lá muitos anos antes em uma busca muito semelhante à minha, e que a família de minha avó era tema de certa curiosidade local. Houve, segundo o sr. Peabody, consideráveis discussões sobre o casamento do pai dela, Benjamin Orne, pouco depois da Guerra Civil; visto que a ancestralidade da noiva era peculiarmente enigmática. Dizia-se que a noiva era uma órfã dos Marsh de New Hampshire – prima dos Marsh de Essex County –, mas ela recebera educação na França e sabia muito pouco acerca de sua família. Um tutor depositava dinheiro em um banco de Boston para sustentar tanto ela como sua governanta francesa; mas o nome do tutor não era familiar ao povo de Arkham, e depois de dado tempo ele sumiu, de modo que a governanta assumiu seu papel por determinação da corte. A francesa – agora há muito morta – era bastante taciturna, e havia quem dissesse que ela sabia mais do que contara.

Mas a coisa mais embasbacante era a incapacidade de qualquer um de encaixar os pais registrados da jovem mulher – Enoch e Lydia (Meserve) Marsh – em meio às famílias conhecidas de New Hampshire. Possivelmente, conforme muitos sugeriam, era filha natural de algum Marsh eminente – ela sem dúvida tinha os legítimos olhos dos Marsh. A maior parte da investigação foi conduzida depois de sua morte prematura, que ocorreu com o nascimento de minha avó, sua única filha. Tendo adquirido algumas impressões desagradáveis ligadas ao nome Marsh, não recebi de braços abertos a notícia de que ela tinha um lugar na minha árvore genealógica, e também não fiquei contente com a sugestão do sr. Peabody de que eu também tinha os legítimos olhos dos Marsh. Porém, fui grato pelos dados, os quais eu sabia que se provariam valiosos, e separei proveitosas anotações e listas de referências bibliográficas em relação à família bem documentada dos Orne.

Fui diretamente de Boston para minha casa, em Toledo, e depois passei um mês em Maumee me recuperando do meu infortúnio. Em setembro, fui para a Oberlin a fim de cursar meu último ano, e até junho do ano seguinte permaneci ocupado com estudos e outras atividades sadias, sendo lembrado do terror passado apenas por eventuais visitas de homens do governo relativas à campanha às quais minhas súplicas e minha evidência deram início. Mais ou menos no meio de julho – quase exatamente um ano depois de minha experiência em Innsmouth –, passei uma semana com a família de minha falecida mãe em Cleveland; conferindo alguns de meus dados genealógicos junto às várias anotações, tradições e relíquias de família ali presentes e vendo que tipo de diagrama de conexões eu conseguiria montar.

Eu não esperava ter prazer na tarefa, pois a atmosfera da casa dos Williamson sempre me deprimiu. Havia uma morbidez desgastante aqui, e minha mãe nunca encorajou que eu visitasse os pais dela quando era criança, embora sempre recebesse seu pai de braços abertos quando ele vinha a Toledo. Minha avó nascida em Arkham parecia estranha e quase aterrorizante para mim, e acho que não lamentei quando ela desapareceu. Eu tinha oito anos na época, e diziam que ela vagueou enlutada após o suicídio de meu tio Douglas, o filho mais velho dela. Ele havia atirado em si mesmo após uma viagem para a Nova Inglaterra – a mesma viagem, sem dúvida, que o fez ser lembrado pela Sociedade Histórica de Arkham.

Esse tio se parecia com ela, e eu também jamais gostei dele. Algo na expressão fixa e sem piscar de ambos me causava um desconforto vago e inexprimível. Minha mãe e meu tio Walter não tinham essa aparência. Eles puxaram o pai; embora o pobre primo Lawrence – filho de Walter – fosse quase uma cópia perfeita de sua avó antes que a condição dele o levasse à reclusão permanente em um sanatório em Canton. Fazia quatro anos que não o via, mas meu tio certa vez sugeriu que seu estado, tanto mental como físico, era bem grave. Essa preocupação provavelmente foi um grande fator na morte da mãe dele, dois anos antes.

A residência de Cleveland agora consistia no meu avô e em seu filho viúvo, Walter, mas a memória de outros tempos pairava espessa. Eu ainda não gostava do lugar, e tentei realizar minhas pesquisas o mais rápido possível. Os registros e tradições da família Williamson eram fornecidos em abundância por meu avô; mas para materiais sobre a família Orne eu tinha de recorrer a meu tio Walter, que me disponibilizou todos os conteúdos de seus arquivos, incluindo anotações, cartas, recortes de jornal, relíquias, fotografias e miniaturas.

Foi olhando as cartas e fotos dos Orne que comecei a adquirir uma espécie de terror a respeito de minha ancestralidade. Como eu disse, minha avó e meu tio Douglas sempre me causaram perturbações. Agora, anos depois do falecimento deles, olhei para os seus rostos na foto com uma sensação claramente elevada de repulsa e alheamento. Não conseguia de primeira compreender tal mudança, mas gradualmente um tipo terrível de *comparação* começou a se impor em minha mente inconsciente, apesar da recusa firme do meu consciente em reconhecer a menor suspeita sobre isso. Estava claro que a expressão típica daqueles rostos agora sugeria algo que não sugeria antes – algo que levaria ao pânico absoluto se fosse pensado de maneira muito aberta.

Mas o pior choque ocorreu quando meu tio me mostrou a joalheria dos Orne em uma caixa-forte no centro da cidade. Algumas das peças eram suficientemente delicadas e inspiradoras, mas havia uma caixa de peças estranhas e antigas vinda da minha misteriosa bisavó que meu tio quase relutou em me mostrar. As joias tinham, ele disse, um desenho bastante grotesco e quase repugnante, e pelo que ele sabia nunca haviam sido usadas em público, mas minha avó gostava de olhar para elas. Lendas vagas de má sorte pairavam sobre as peças, e a governanta francesa de minha bisavó disse que elas não deveriam ser usadas na Nova Inglaterra, embora fosse razoavelmente seguro usá-las na Europa.

Enquanto começava a desembrulhar os pertences devagar e a contragosto, meu tio solicitou que eu não me chocasse com a estranheza e frequente repugnância dos desenhos. Artistas e arqueólogos que os haviam visto decretaram que o artesanato era de excelência altíssima e exótica, embora ninguém parecesse capaz de definir o material exato ou atribuir as peças a qualquer tradição artística específica. Havia duas braçadeiras, uma tiara e um tipo de ornamento peitoral; esse último tinha em alto-relevo certas figuras de extravagância insuportável.

Durante essa descrição, segurei com firmeza as rédeas de minhas emoções, mas meu rosto deve ter denunciado meus medos crescentes. Meu tio pareceu preocupado e interrompeu o desembrulho para estudar meu semblante. Gesticulei para que ele continuasse, o que ele fez com novos indícios de relutância. Ele parecia esperar alguma reação quando a primeira peça – a tiara – ficou visível, mas duvido que esperava o que de fato aconteceu. Eu também não esperava, pois achei que estava extensamente ciente do que a joalheria revelaria ser. O que fiz foi desmaiar em silêncio, assim como fiz naquele corte de ferrovia cheio de espinheiros um ano antes.

Daquele dia em diante, minha vida foi um pesadelo de depressão e apreensão, e não sei quanto disso é a hedionda verdade e quanto é loucura. Minha bisavó era uma Marsh de origem desconhecida cujo marido morava em Arkham... e o velho Zadok não tinha dito que a filha de Obed Marsh com uma mãe monstruosa se casara com um homem de Arkham por meio de uma tramoia? O que o bêbado antigo havia murmurado a respeito da semelhança de meus olhos com os do capitão Obed? Em Arkham também: o curador me dissera que eu tinha legítimos olhos dos Marsh. Será que Obed Marsh era meu próprio trisavô? Quem – ou *o que* –, então, era minha trisavó? Mas talvez tudo isso fosse loucura. Aqueles ornamentos branco-dourados podiam muito bem ter sido comprados de um marinheiro de Innsmouth pelo pai de minha bisavó, quem quer que ele fosse. E aqueles rostos de olhar fixo da minha avó e de meu tio suicidado podiam ser pura imaginação da minha parte – pura imaginação, reforçada pela sombra de Innsmouth que coloria minha imaginação de maneira tão trevosa. Mas por que meu tio se matara depois de uma jornada ancestral pela Nova Inglaterra?

Por mais de dois anos repeli essas reflexões com sucesso parcial. Meu pai havia me assegurado uma posição em um escritório de seguradora, e eu me afundei na rotina o máximo possível. No inverno de 1930-31, porém, os sonhos começaram. Eles eram bastante esparsos e insidiosos de início, mas aumentaram em frequência e vivacidade conforme as semanas avançaram. Grandes espaços aquosos se abriram diante de mim, e eu parecia perambular por pórticos titânicos afundados e labirintos de paredes ciclópicas cheias de vegetação rasteira, com peixes grotescos me fazendo companhia. Então, as *outras formas* começaram a aparecer, me enchendo com um horror sem nome no instante em que acordava. Contudo, durante os sonhos não me horrorizavam nem um pouco – eu estava unido a elas, trajando o seu manto inumano, andando à sua maneira aquosa e rezando monstruosamente em seus templos malignos no fundo do mar.

Havia muito mais do que eu era capaz de me lembrar, mas mesmo aquilo que eu lembrava todas as manhãs seria suficiente para me caracterizar como louco ou gênio caso eu tivesse coragem de registrar por escrito. Sentia que uma influência assustadora buscava me arrastar gradualmente para fora do mundo são e vida sadia e para dentro de abismos inomináveis de escuridão e alheamento; e o processo teve um efeito intenso sobre mim. Minha saúde e aparência ficaram cada vez piores, até que finalmente fui forçado a abdicar de minha posição e adotar a vida estática e reclusa de um inválido. Alguma enfermidade nervosa estranha me prendera em suas garras, e eu às vezes ficava quase incapaz de fechar meus olhos.

Foi então que comecei a estudar o espelho com alarme crescente. Os lentos estragos da doença não são agradáveis de se ver, mas no meu caso havia algo mais sutil e enigmático ao fundo. Meu pai parecia notar também, pois começou a olhar para mim curioso e quase apavorado. O que ocorria comigo? Era possível que eu estivesse ficando parecido com minha avó e meu tio Douglas?

Dada noite, tive um sonho aterrorizante no qual me encontrei com minha avó sob o mar. Ela morava em um palácio fosforescente repleto de varandas, com jardins de estranhos corais leprosos e eflorescências grotescas e braquiadas e me recebeu com um afeto que talvez fosse sardônico. Ela havia mudado – como aqueles que vão para a água mudam – e me contou que nunca morrera.

Em vez disso, ela foi ao lugar que seu filho falecido havia descoberto e mergulhou em um reino cujas maravilhas – também destinadas a ele – ele desdenhou com uma pistola quente. Esse era para ser meu reino também – eu não tinha como escapar disso. Eu nunca morreria, mas viveria com aqueles que estão vivos desde antes de o homem pisar na terra.

Também conheci aquela que havia sido sua avó. Por oitenta mil anos Pth'thya-l'yi viveu em Y'ha-nthlei, e para ali voltara depois que Obed Marsh morreu. Y'ha-nthlei não fora destruída quando os homens sobre a terra dispararam a morte ao mar. Ela foi ferida, mas não destruída. Os Profundos jamais poderiam ser destruídos, embora a mágica da paleogeia dos esquecidos Antigos às vezes podia detê-los. No momento eles descansariam; mas, algum dia, caso se lembrassem, eles ascenderiam novamente para o grande tributo que o Grande Cthulhu desejava. Seria uma cidade maior que Innsmouth da próxima vez. Eles haviam planejado se espalhar e trazido para o alto aquilo que os ajudaria, mas agora precisavam novamente aguardar. Por trazer a morte nas mãos de homens da terra de cima eu precisaria cumprir penitência, mas ela não seria pesada. Esse foi o sonho no qual vi um *shoggoth* pela primeira vez, e a visão me despertou num frenesi de gritos. Naquela manhã, o espelho me revelou definitivamente que eu adquirira a *aparência de Innsmouth*.

Até agora, não atirei em mim mesmo como meu tio Douglas fizera. Comprei uma arma automática e quase cruzei o limiar, mas certos sonhos me detiveram. Os tensos extremos de horror estão se atenuando e me sinto estranhamente atraído pelas profundezas desconhecidas do mar em vez de temê-las. Ouço e faço coisas estranhas enquanto durmo e depois acordo com um modo de exaltação em vez de terror. Não acredito que eu precise esperar pela mudança completa, como a maioria esperava. Se eu o fizesse, meu pai provavelmente me trancaria num sanatório assim como o coitado de meu primo está trancado. Esplendores estupendos e inauditos me aguardam abaixo e devo em breve buscá-los. *Iä--R'lyeh! Cthulhu fhtagn! Iä! Iä!* Não, eu não atirarei em mim mesmo; não posso ser coagido a atirar em mim mesmo!

Planejarei a fuga de meu primo daquele hospício em Canton e juntos iremos para Innsmouth, sombreada por maravilhas. Nadaremos até aquele recife germinante no mar e mergulharemos por abismos negros até Y'ha-nthlei, ciclópica e de muitas colunas, e nesse lar dos Profundos residiremos em meio a maravilhas e glória para sempre.

DAGON

Escrevo isto sob um considerável abatimento mental, visto que esta noite deixarei o mundo. Sem um tostão e no fim de minhas reservas da droga que por si só torna a vida suportável, não aguento mais a tortura e me lançarei da janela deste sótão para a rua esquálida abaixo. Não ache que, por causa de minha escravidão à morfina, sou fraco ou degenerado. Quando você tiver lido estas páginas escritas às pressas, poderá imaginar, mas nunca compreender por completo, por que eu preciso ter o esquecimento ou a morte.

Foi em uma das partes mais abertas e menos frequentadas do vasto Oceano Pacífico que o pacote do qual eu estava encarregado foi vítima do assaltante marinho alemão. A Grande Guerra estava bem no início e as forças oceânicas dos hunos[7] ainda não haviam sido rebaixadas completamente à deterioração posterior; nossa embarcação foi tratada como um prêmio valioso, ao passo que nós, da tripulação, fomos tratados com toda a justeza e consideração que nos é devida como prisioneiros navais. Era tão

---

7 Apelido pejorativo para alemães, aludindo ao antigo povo huno para chamá-los de bárbaros. (N.T.)

liberal, de fato, a disciplina de nossos captores que, cinco dias após sermos raptados, consegui fugir sozinho em um pequeno barco com água e suprimentos para um bom intervalo de tempo.

Quando finalmente me vi à deriva e livre, tinha pouquíssima noção de onde estava. Sem jamais ter sido um navegador competente, podia apenas conjecturar vagamente pelo sol e pelas estrelas que eu estava um pouco ao sul do equador. A respeito da longitude eu não sabia nada, e não havia qualquer ilha ou linha costeira à vista. O tempo seguiu ameno e por incontáveis dias fui levado sem rumo pela água sob o sol escaldante, esperando por um navio de passagem ou que eu fosse levado ao litoral de alguma terra firme e habitável. Mas nem o navio nem a terra firme apareceram e comecei a me desesperar em solidão ante a vastidão ondulante de azul ininterrupto.

A mudança ocorreu enquanto eu dormia. De seus detalhes nunca saberei; pois meu sono, embora agitado e infestado de sonhos, foi contínuo. Quando enfim acordei, descobri-me semiengolido por uma vastidão gosmenta de lodo negro infernal que se estendia ao meu redor em ondulações monótonas até onde eu conseguia enxergar e no qual meu barco estava aterrado a alguma distância.

Embora se pudesse imaginar que minha primeira sensação seria de maravilhamento diante de uma transformação de cenário tão prodigiosa e inesperada, eu na realidade estava mais horrorizado do que atônito; pois havia no ar e no solo apodrecido um aspecto sinistro que arrepiava meu âmago. A região era putrefata com carcaças de peixes em decomposição e outras coisas menos descritíveis que vi protuberando da lama nojenta da planície infinita. Talvez eu não devesse esperar transmitir meramente por palavras a hediondez inefável que pode se abrigar no silêncio absoluto e na imensidão deserta. Não havia nada ao alcance do ouvido, e nada à vista além de uma enorme extensão de gosma negra;

no entanto, a própria totalidade da quietude e a homogeneidade da paisagem me oprimiam com um medo nauseante.

O sol ardia de um céu que me parecia quase preto em sua crueldade sem nuvens, como se refletisse o pântano nanquim sob meus pés. Enquanto rastejava para o barco encalhado, eu me dei conta de que apenas uma teoria podia explicar minha posição. Por meio de uma sublevação vulcânica, uma porção do solo oceânico deve ter sido lançada à superfície, expondo regiões que por inúmeros milhões de anos haviam repousado ocultas sob profundezas aquáticas intangíveis. Era tamanha a extensão do novo terreno que havia se erguido sob mim que eu não conseguia detectar o menor som do oceano ondulante, por mais que esforçasse meus ouvidos. Também não havia qualquer ave marinha para tirar proveito da matéria morta.

Por várias horas, fiquei sentado pensando ou ponderando no barco, que estava virado de lado e fornecia uma leve sombra conforme o sol percorria os céus. À medida que o dia avançava, o chão perdeu parte de sua viscosidade e parecia que em breve secaria o suficiente para que se percorressem longas distâncias nele. Naquela noite, dormi só um pouco, e no dia seguinte montei para mim um pacote contendo comida e água, nos preparos para uma jornada terrestre em busca do mar desaparecido e de um possível resgate.

Na terceira manhã, descobri que o solo estava seco o suficiente para nadar nele com facilidade. O odor de peixe era enlouquecedor, mas eu estava preocupado em demasia com coisas mais graves para me importar com esse mal menor, e segui audaciosamente atrás de um fim desconhecido. O dia inteiro avancei árdua e firmemente para o oeste, guiado por uma colina distante que se erguia acima de qualquer outra elevação no deserto ondulante. Naquela noite acampei e no dia seguinte ainda viajei rumo à colina, embora o objeto em questão parecesse ter ficado só um pouco mais próximo com relação à primeira vez em que o vi. Na quarta noite, eu havia chegado à base do morro, que se revelou bem mais alto do que parecia à distância, com a intervenção de um vale criando um relevo acentuado em relação à superfície geral. Cansado demais para subir, descansei à sombra do monte.

Não sei por que meus sonhos foram tão desvairados na referida noite, mas, antes que a lua minguante e fantasticamente convexa tivesse subido ao alto da planície oriental, eu estava desperto e respirando frio, determinado a não dormir mais. Visões tais quais eu tivera eram demais para aguentá-las novamente. E no brilho da lua percebi como foi imprudente viajar de dia. Sem o brilho do sol torrando, minha viagem teria me custado menos energia; inclusive, eu agora me sentia bem capaz de realizar a ascensão que me detivera durante o pôr do sol. Pegando meu pacote, comecei meu avanço para a crista da eminência.

Eu disse que a monotonia ininterrupta da planície ondulada era fonte de um horror vago para mim; mas creio que meu horror tenha sido maior quando atingi o cume do monte e olhei para o outro lado dele, vendo um abismo ou cânion imensurável, cujos recessos negros a lua ainda não estava alta o suficiente para alumiar. Me sentia à beira do mundo, espiando pela borda um caos insondável de noite eterna. Por meu terror corriam reminiscências curiosas de *Paraíso Perdido* e da escalada hedionda de Satanás pelos reinos de trevas em estado bruto.

Enquanto a lua subia mais para o céu, comecei a ver que as encostas do vale não eram tão perpendiculares quanto eu imaginava. Bordas e afloramentos rochosos providenciavam apoios de pé para descer, ao passo que, após uma queda de dezenas de metros, o declive se tornava mais gradual. Estimulado por um impulso que eu não conseguia analisar de forma definitiva, desci com dificuldade pelas rochas e fiquei na borda mais gentil abaixo, contemplando as profundezas estígias onde nenhuma luz ainda havia penetrado.

De imediato minha atenção foi capturada por um objeto vasto e singular na encosta do lado oposto, que se erguia íngreme cerca de trinta metros à minha frente; um objeto que brilhava branco com os raios recém-concedidos pela lua em ascensão. Era meramente um pedaço gigante de rocha, logo garanti a mim mesmo, mas fiquei consciente de uma impressão distinta de que seu contorno e posição não eram inteiramente obra da Natureza. Um exame mais cuidadoso me preencheu de sensações que não sou capaz de exprimir; pois, apesar de sua enorme magnitude e sua posição em um abismo que se abria no fundo do mar desde que o mundo era jovem, eu reconhecia sem traço de dúvida que o objeto estranho era um monólito bem moldado cujo volume maciço conhecera o artesanato e talvez a adoração de criaturas vivas e pensantes.

Estonteado e apavorado, contudo sem ignorar certa emoção do deleite de cientista ou arqueólogo, examinei meus arredores mais de perto. A lua, agora perto do apogeu, brilhava de maneira estranha e vívida sobre os declives enormes que rodeavam o abismo e revelava o fato de que uma massa de água distante fluía na base, que se estendia para além da vista em ambas as direções e quase contornavam meus pés enquanto eu ficava de pé sobre a beirada. Do outro lado do abismo, as ondas lavavam a base do monólito ciclópico, em cuja superfície eu agora conseguia identificar inscrições e esculturas grosseiras. A escrita estava em um sistema de hieróglifos que eu desconhecia e era diferente de qualquer coisa que eu tivesse visto em livros, consistindo na maior parte em símbolos convencionalmente aquáticos, como peixes, enguias, polvos, crustáceos, moluscos, baleias e afins. Vários caracteres obviamente representavam coisas marinhas que eram desconhecidas pelo mundo moderno, mas cujas formas em decomposição eu havia observado na planície saída do oceano.

Foi o entalhe pictórico, no entanto, que mais me deixou fascinado. Claramente visível através da água intermediadora devido a seu tamanho enorme, havia uma gama de baixos-relevos cujas figuras atiçariam a inveja de um Doré. Penso que essas coisas supostamente deveriam retratar homens – no mínimo, certo tipo de homem; embora as criaturas fossem ilustradas se divertindo como peixes nas águas de uma gruta marinha; ou prestando homenagem a um altar monolítico que parecia também estar sob as ondas. De seus rostos e formas não ouso falar em detalhes, pois a mera lembrança me deixa à beira do desmaio. Grotescos para além da imaginação de um Poe ou um Bulwer, eles eram detestavelmente humanos no contorno geral apesar das mãos e pés com membranas entre os dedos, dos lábios surpreendentemente largos e flácidos, olhos esbugalhados e vidrentos e outras características menos agradáveis de se lembrar. Curiosamente, eles pareciam ter sido esculpidos muito fora de proporção em relação ao fundo paisagístico, pois um dos seres era ilustrado no ato de matar uma baleia pouco maior do que ele. Notei, como disse, a bizarrice e o tamanho estranho deles, mas logo depois decidi que eram apenas os deuses imaginários de alguma tribo primitiva de pescadores ou navegantes; uma tribo cujo último descendente falecera eras antes do primeiro ancestral do homem de Piltdown ou dos Neandertais. Estupefato com esse vislumbre inesperado a um passado além da concepção dos antropólogos mais ousados, fiquei meditando a respeito disso enquanto a lua lançava reflexões insólitas no canal silencioso à minha frente.

Então, de repente, eu vi. Com apenas uma ligeira agitação para indicar sua ascensão à superfície, a coisa ficou à vista acima das águas escuras. Vasta, similar ao Polifemo e odiosa, ela disparou como um monstro estupendo e pesadelar rumo ao monólito sobre o qual ele lançava seus braços escamosos gigantescos enquanto curvava a cabeça hedionda e exprimia certos sons calculados. Acho que enlouqueci nesse momento.

De minha ascensão frenética da beirada e do precipício e de minha jornada delirante de volta ao barco encalhado lembro pouco. Creio que cantei bastante e ri de maneira estranha quando não era capaz de cantar. Tenho lembranças indistintas de uma grande tempestade algum tempo depois da chegada ao barco, de qualquer modo. Sei que ouvi tinidos de trovão e outros tons que a natureza profere apenas em seu humor mais descontrolado.

Quando saí das sombras estava em um hospital em São Francisco; trazido até lá pelo capitão do navio americano que havia recolhido meu barco no meio do oceano. Em meu delírio, falei muitas coisas, mas descobri que pouca atenção foi dada a minhas palavras. Sobre qualquer sublevação de terra no Pacífico meus resgatadores não sabiam nada; também não considerei necessário insistir em algo em que eu sabia que eles não poderiam acreditar. Certa vez, fui atrás de um etnólogo renomado e o entretive com perguntas peculiares sobre a antiga lenda filisteia de Dagon, o Deus-Peixe; mas logo percebendo que ele era incorrigivelmente convencional, não insisti em meus questionamentos.

É à noite, especialmente quando a lua está minguante e convexa, que vejo a coisa. Tentei morfina, mas a droga apenas dava uma cessação passageira, e me arrastou para suas garras tal qual escravo sem esperanças. Então agora acabarei com tudo, tendo escrito um relato completo para a informação ou o divertimento desdenhoso dos demais homens. Muitas vezes me pergunto se não poderia ter sido tudo pura aparição – um mero desvario febril enquanto me deitava insolado e delirante no barco aberto após minha fuga do navio de guerra alemão. Isso eu me pergunto, mas sempre chega até mim uma visão vívida e hedionda em resposta. Não consigo pensar nas profundezas do mar sem arrepiar-me diante das coisas desconhecidas que podem neste exato momento rastejar e chafurdar em seu leito gosmento, adorando seus antigos ídolos de pedra e esculpindo suas próprias aparências detestáveis em obeliscos submarinos de granito encharcado. Sonho com o dia em que eles possam ascender acima das ondas do mar a fim de arrastar em suas garras fedorentas os restos da humanidade fraca e exaurida pela guerra; o dia em que a terra afundará e o chão do oceano negro subirá em meio ao pandemônio universal.

O fim está próximo. Ouço um som à minha porta, como um imenso corpo escorregadio se movendo desajeitadamente do outro lado. Ele não me encontrará. Deus, *aquela mão!* A janela! A janela!

A Cor Vinda do Espaço

A oeste de Arkham, as colinas se elevam indômitas, e há vales com florestas profundas que nenhum machado jamais cortou. Há barrancos escuros e estreitos nos quais as árvores desciam de modo fantástico e onde os riachos finos escoavam sem nunca receber o brilho do sol. Nos declives mais gentis há lavouras antigas e pedregosas com chalés atarracados e cobertos de musgo pairando eternamente sobre os segredos da Nova Inglaterra no sotavento dos grandes ressaltos. Mas todos eles estão vazios agora; as chaminés largas desmoronam e as laterais revestidas de telhas chatas se projetam perigosamente abaixo de telhados gambrel baixos.

As pessoas de antigamente haviam ido embora, e estrangeiros não gostavam de morar ali. Franco-canadenses tentaram, italianos tentaram e poloneses vieram e foram embora. Não é por causa de nada que possa ser visto ou escutado ou manuseado, mas por causa de uma coisa que era imaginada. O lugar não faz bem para a imaginação, e não traz sonhos tranquilos à noite. Deve ser isso que mantém os estrangeiros longe, pois o velho Ammi Pierce nunca lhes contou nada do que lembra dos tempos estranhos. Ammi, que estava um pouco esquisito da cabeça havia anos, é o único que continua lá ou que fala dos tempos estranhos, e ele ousa fazê-lo porque sua casa é muito próxima aos campos abertos e às estradas percorridas nos arredores de Arkham.

Antigamente havia uma estrada que subia as colinas e percorria os vales indo diretamente para onde agora há o urzal devastado; mas as pessoas pararam de usá-la e uma nova estrada foi criada curvando mais para o sul. Traços da estrada antiga ainda podem ser vistos em meio à vegetação rasteira de uma natureza retornando, e alguns deles sem dúvida permanecerão mesmo quando metade dos vales estiverem inundados com o novo reservatório. Então, as florestas escuras serão desmatadas e o urzal devastado repousará bem abaixo das águas azuis cuja superfície espelhará o céu e ondulará sob o sol. E os segredos dos tempos estranhos estarão unidos aos segredos das profundezas; unidos ao folclore oculto do oceano antigo e todo o mistério da terra primitiva.

Quando fui às colinas e vales fazer uma inspeção para o novo reservatório, eles me contaram que o lugar era maligno. Eles me contaram isso em Arkham e, como se tratava de uma cidade bem velha e cheia de lendas de bruxas, pensei que a malignidade deveria ser algo que avós sussurravam às crianças ao longo de séculos. O nome "urzal devastado" me parecia bastante estranho e teatral, e me perguntei como havia se inserido no folclore de uma gente puritana. Então, vi com meus próprios olhos aquele emaranhado escuro a oeste de barrancos e declives, e todas as minhas hipóteses foram substituídas pelo espanto com o próprio mistério ancião dele. Era manhã quando vi, mas sombras sempre espreitavam ali. As árvores ficavam muito espessas e seus troncos eram grandes demais para qualquer floresta da Nova Inglaterra. Havia silêncio demais nas passagens mal iluminadas entre elas, e o chão era macio demais com o musgo úmido e um carpete de anos sem-fim de deterioração.

Nos espaços abertos, em sua maioria junto à estrada antiga, havia pequenas fazendas de encosta, às vezes com todas as construções em pé, às vezes com apenas uma ou duas e às vezes com apenas uma chaminé solitária ou um porão preenchido de forma desorganizada. Ervas daninhas e arbustos reinavam, e coisas selvagens furtivas farfalhavam na vegetação rasteira. Tudo estava sob uma neblina de inquietação e opressão, um toque do irreal e do grotesco, como se um elemento vital de perspectiva ou de claro-escuro estivesse errado. Não me espantava que os estrangeiros não permanecessem ali, pois isto não era região para se dormir. Era similar demais a uma paisagem de Salvator Rosa; similar demais a uma xilogravura proibida em um conto de terror.

Mas mesmo tudo isso não era tão ruim quanto o urzal devastado. Eu soube no momento em que cheguei ao fundo de um vale espaçoso, pois nenhum nome que não fosse esse seria adequado àquilo e nada que não fosse aquilo seria adequado a esse nome. Era como se um poeta houvesse cunhado a frase ao ver essa região em particular. Devia ser, pensei enquanto via, o produto de um incêndio; mas por que nada de novo havia crescido nesses dois hectares de abandono cinza que se alastrava a céu aberto como um grande ponto corroído por ácido em meio às florestas e campos? Ele ficava em maior parte ao norte da antiga estrada, mas avançava um pouco até o outro lado. Senti uma estranha relutância em me aproximar, e só o fiz porque meus afazeres me levavam por aquele caminho e para além dele. Não havia vegetação de qualquer tipo naquela expansão larga, mas apenas poeira ou cinzas finas que pareciam nunca se mover com o vento. As árvores próximas estavam adoentadas e definhadas, e muitos troncos mortos apodreciam em pé ou deitados ao longo do limiar. Enquanto andava às pressas por lá, vi as pedras e tijolos desmoronados de uma velha chaminé e de um porão à minha esquerda e a bocarra negra de um poço abandonado cujos vapores estagnados realizavam truques estranhos com as matizes da luz do sol. Mesmo a subida longa e escura pela floresta à frente parecia acolhedora em contraste, e não estranhei mais os sussurros assustados do povo de Arkham. Não havia casa ou ruína por perto, mesmo antigamente o tempo deveria ser solitário e remoto. E no cair da tarde, temendo passar novamente por aquele ponto de mau agouro, voltei à cidade pela estrada tortuosa ao sul. Desejei vagamente que algumas nuvens se juntassem, pois uma insegurança estranha em relação aos vazios celestiais profundos invadiu minha alma.

À noite, perguntei às pessoas mais velhas de Arkham sobre o urzal devastado e o que significava a frase "tempos estranhos" que tantos sussurravam evasivamente. Não pude, contudo, obter qualquer resposta satisfatória, exceto que todo o mistério era muito mais recente do que eu imaginara. Não se tratava nem um pouco de folclore antigo, mas sim de coisas contemporâneas àqueles que falavam. Aconteceu nos anos 1880 e uma família desapareceu ou foi morta. Os relatos não eram exatos e, como todos me disseram para prestar atenção nas histórias desvairadas de Ammi Pierce, fui atrás dele na manhã seguinte, tendo ouvido que ele morava sozinho no chalé antigo e à beira do colapso onde as árvores começavam a engrossar bastante. Era um lugar terrivelmente arcaico, que havia começado a exalar o leve odor miasmático que se prende a casas que perduraram por tempo demais. Apenas com batidas insistentes à porta consegui acordar o homem de idade avançada, e quando ele veio timidamente até a porta, pude perceber que não estava feliz em me ver. Ele não era tão debilitado quanto eu esperava, mas seus olhos estavam caídos de um jeito curioso, e suas roupas surradas e barba branca o faziam parecer esgotado e em péssimo estado. Sem saber exatamente o melhor meio de fazê-lo deslanchar em suas histórias, fingi estar lá a trabalho, contei sobre minha inspeção e fiz perguntas vagas sobre o distrito. Ele era muito mais sagaz e letrado do que eu havia sido induzido a achar e, antes que eu percebesse, havia captado tanto sobre o assunto quanto qualquer homem com quem eu falara em Arkham. Ele não era como os demais rústicos que eu havia conhecido nas seções onde haveria reservatórios. Não houve dele protestos sobre os quilômetros de área florestal e rural a serem apagados, embora talvez houvesse caso sua casa não ficasse fora dos limites do futuro lago. Alívio era tudo que ele mostrava; alívio diante do fim iminente dos antigos vales escuros pelos quais ele circulou a vida toda. Ficariam melhor embaixo d'água agora – melhor embaixo d'água desde os tempos estranhos. E com essa abertura sua voz rouca agravou-se, ao passo que seu corpo curvou-se para a frente e seu indicador direito começou a se erguer, trêmulo e impressionante.

Foi então que ouvi a história e, enquanto a voz divagante raspava e sussurrava, eu me arrepiei de novo apesar do dia de verão. Muitas vezes tive de alertar meu interlocutor de devaneios, decifrar aspectos científicos dos quais ele sabia apenas por uma evanescente memória de papagaio de falas de professores ou completar lacunas onde seu senso de lógica e continuidade ruía. Quando ele terminou, eu não estava surpreso com o fato de sua mente ter surtado um pouco ou de o povo de Arkham não falar muito sobre o urzal devastado. Fui logo para meu hotel antes do pôr do sol, sem querer que as estrelas se pusessem sobre mim no céu aberto, e no dia seguinte voltei para Boston a fim de abdicar de meu posto. Não seria capaz de ir de novo para aquele caos turvo de encostas e florestas antigas, ou de encarar novamente o urzal devastado cinza onde o poço negro e fundo se escancarava ao lado de pedras e tijolos caídos. O reservatório agora seria construído em breve, e todos esses segredos anciões ficariam para sempre guardados sob as profundezas aquáticas. No entanto, mesmo assim não acho que gostaria de visitar a região à noite – pelo menos, não quando as estrelas sinistras estiverem à vista – e nenhum valor me faria beber a nova água da cidade de Arkham.

Tudo começou, dissera o velho Ammi, com o meteorito. Antes disso, não havia absolutamente nenhuma lenda absurda desde a caça às bruxas, e mesmo nessa época as florestas a oeste não eram tão temidas quanto as pequenas ilhas no rio Miskatonic, onde o diabo era rodeado por adoradores ao lado de um altar de pedra curioso mais antigo do que os índios. Não eram florestas assombradas, e seu anoitecer nunca foi terrível até os tempos estranhos. Então, veio aquela nuvem branca a pino, aquela série de explosões no ar e aquele pilar de fumaça do vale bem dentro da floresta. À noite, toda a cidade de Arkham havia ouvido falar da grande rocha que caíra do céu e se alojara no chão ao lado do poço na casa de Nahum Gardner. E aquela era a casa que se manteve onde viria a ser o urzal devastado: a casa branca e bem-cuidada de Nahum Gardner em meio a seus jardins e pomares férteis.

Nahum foi à cidade contar às pessoas sobre a rocha, e passou na casa de Ammi Pierce no caminho. Ammi tinha quarenta anos na época, e todas as coisas insólitas se fixaram com firmeza em sua mente. Ele e sua esposa foram com os três professores da Universidade Miskatonic, que vieram às pressas na manhã seguinte em busca de ver o visitante estranho do espaço sideral desconhecido, e se perguntou por que Nahum dissera que era tão grande no dia anterior. Havia diminuído, Nahum alegou enquanto apontava para o grande monte marrom sobre a terra rasgada e grama chamuscada perto da cegonha de poço em seu jardim da frente; mas os homens eruditos responderam que rochas não encolhem. Seu calor permanecia, persistente, e Nahum afirmou que havia emitido um brilho fraco à noite. Os professores a examinaram com um martelo de geólogo e descobriram que ela era estranhamente macia. Era, inclusive, tão macia que era quase plástico; eles escavaram – em vez de lascar – uma amostra para levar à faculdade e realizar testes. Eles a pegaram em um balde velho pegado emprestado da cozinha de Nahum, pois mesmo o menor dos pedaços se recusava a esfriar. Na viagem de volta, eles pararam na casa de Ammi para descansar e pareceram pensativos quando a sra. Pierce observou que o fragmento estava encolhendo e queimando o fundo do balde. De fato, não era grande, mas talvez tivessem recolhido menos do que haviam pensado.

No dia seguinte – tudo isso foi em junho de 1882 –, os professores marcharam novamente para a casa com bastante ânimo. Ao passarem em Ammi, contaram a ele sobre as coisas insólitas que a amostra fizera e como desaparecera por completo quando a colocaram em um béquer de vidro. O béquer também sumiu, e os homens eruditos falaram da afinidade da rocha estranha por silício. Ela agira de forma bastante inacreditável naquele laboratório bem organizado, não fazendo absolutamente nada e não exibindo nenhum gás ocluso quando aquecido no carvão, ficando completamente negativo na pérola de bórax e logo provando ser absolutamente nada volátil em nenhuma temperatura produzível em laboratório, incluindo a do cano de oxi-hidrogênio. Em uma bigorna, parecia ser altamente maleável, e no escuro sua luminosidade era bastante visível. Recusando-se com teimosia a esfriar, ela logo deixou a faculdade em um verdadeiro furor e, quando foi esquentada à frente do espectrômetro e exibiu faixas brilhantes diferentes de qualquer cor conhecida no espectro normal, houve muitas conversas ofegantes sobre novos elementos, propriedades óticas bizarras, e outras coisas que homens de ciência intrigados costumam verbalizar diante do desconhecido.

Quente como estava, eles a testaram em um cadinho com todos os reagentes adequados. Água não fez nada. Com ácido clorídrico, a mesma coisa. O ácido nítrico e até mesmo a água régia apenas chiaram e respingaram diante de sua invulnerabilidade tórrida. Ammi tinha dificuldade em lembrar todas essas coisas, mas reconheceu alguns solventes quando os mencionei na ordem de uso convencional. Houve amônia e soda cáustica, álcool e éter, o nauseante dissulfeto de carbono e uma dúzia de outros; mas, embora o peso ficasse cada vez menor conforme o tempo passava e o fragmento parecesse esfriar um pouco, não houve diferença nos solventes para mostrar que eles haviam atacado minimamente a substância. Porém, era um metal, sem sombra de dúvida. Era magnético, para começar, e após sua imersão em solventes ácidos parecia haver traços fracos de estruturas de Widmannstätten encontradas em ferro meteórico. Quando o esfriamento atingiu ponto considerável, o teste prosseguiu em vidro, e foi em um béquer de vidro que eles deixaram todas as lascas feitas do fragmento original durante o trabalho. Na manhã seguinte, tanto as lascas como o béquer haviam sumido sem deixar rastros, e apenas um ponto chamuscado marcava o lugar na prateleira de vidro onde eles estavam.

Tudo isso os professores contaram a Ammi enquanto ele ficava parado à porta, e mais uma vez foi com eles observar o mensageiro rochoso vindo das estrelas, embora dessa vez a esposa não o tivesse acompanhado. A pedra, a essa altura, definitivamente havia encolhido, e até mesmo os professores sóbrios não podiam duvidar da verdade do que viam. Ao redor da massa marrom minguante próxima ao poço havia um espaço vazio, exceto onde a terra havia afundado, e ao passo que tinha pelo menos dois metros de diâmetro no dia anterior, agora havia no máximo um metro e meio. Ainda estava quente, e os acadêmicos estudaram sua superfície curiosamente enquanto recolhiam outro pedaço maior com martelo e cinzel. Eles entalharam fundo dessa vez e, ao retirar a massa menor, viram que o núcleo da coisa não era exatamente homogêneo.

Eles haviam descoberto o que parecia ser a lateral de um grande glóbulo colorido incorporado à substância. A cor, que lembrava algumas das faixas no espectro estranho do meteoro, era quase impossível de descrever; e era apenas por analogia que eles sequer eram capazes de denominá-la como cor. Sua textura era lustrosa, e ao dar leves batidas nela ela dava promessas de ser tanto frágil como oca. Um dos professores deu uma martelada calculada e ela estourou com um som nervoso. Nada foi emitido, e todo rastro da coisa sumiu com o golpe. Ela deixou um espaço vazio esférico de cerca de 7 centímetros de diâmetro, e todos acharam provável que outras seriam descobertas conforme a substância cada vez menor se desfizesse.

Conjecturas não eram de muita valia, então, após uma tentativa fracassada de encontrar glóbulos adicionais com perfurações, os pesquisadores foram deixados outra vez com sua nova amostra – que se provou, contudo, tão desconcertante no laboratório quanto sua predecessora. Além de ser quase plástica, ter calor, magnetismo e leve luminosidade, esfriar ligeiramente em ácidos potentes, possuir espectro desconhecido, desfazer-se no ar e atacar compostos de silício resultando em destruição mútua, ela não apresentava nenhuma característica identificável que fosse, de modo que ao fim dos testes os cientistas da faculdade foram forçados a reconhecer que não podiam determinar o que era. Não era nada desta terra, mas um pedaço do grande exterior, sendo assim dotado de propriedades exteriores e obediente a leis exteriores.

Naquela noite, houve uma tempestade trovejante e, quando os professores foram até Nahum no dia seguinte, se depararam com uma decepção amarga. A pedra, magnética como era, devia ter alguma propriedade elétrica peculiar, pois havia "atraído o relâmpago", como Nahum disse, com uma persistência sem par. Seis vezes em uma hora o fazendeiro viu o relâmpago atingir o sulco no jardim e, quando a tempestade acabou, não havia sobrado nada além de um buraco esfarrapado próximo à cegonha de poço, parcialmente obstruído por terra erodida. Cavar não havia rendido frutos, e os cientistas verificaram o fato do desaparecimento completo. O fracasso foi total, de modo que não havia nada a fazer além de voltar ao laboratório e testar novamente o fragmento esvanecente embalado cuidadosamente em chumbo.

O fragmento durou uma semana, ao final da qual nada de valor havia sido aprendido. Quando desapareceu, nenhum resíduo foi deixado, e com o tempo os professores sentiram menos certeza de que haviam mesmo visto com olhos despertos aquele vestígio críptico de golfos externos insondáveis, aquela mensagem solitária e esquisita vinda de outros universos e outros reinos de matéria, força e existência.

Como era natural, os jornais de Arkham alardearam bastante o incidente com seu patrocínio à faculdade, e enviavam repórteres para falar com Nahum Gardner e sua família. Pelo menos um diário de Boston também mandou um escrevente, e Nahum logo virou algo como uma celebridade local. Ele era uma pessoa esguia e cordial com cerca de cinquenta anos; morava com sua esposa e três filhos na agradável fazenda no vale. Ele e Ammi visitavam um ao outro com frequência, bem como suas esposas, e Ammi não tinha nada além de elogios para ele após tantos anos. Ele parecia ligeiramente orgulhoso da atenção que esse lugar atraíra e falou com frequência do meteorito nas semanas seguintes. Julho e agosto daquele ano foram quentes, e Nahum trabalhou duro fenando o pasto de quatro hectares do outro lado do riacho Chapman, com sua carroça barulhenta criando sulcos profundos nas vias sombreadas. O trabalho o cansou mais do que havia cansado em anos anteriores, e ele sentiu que a idade estava começando a pesar para ele.

Então, veio a época de frutas e colheita. As peras e maçãs amadureceram aos poucos e Nahum afirmou que seus pomares prosperavam como nunca. As frutas adquiriam tamanhos fenomenais e um brilho atípico, e eram tão abundantes que barris adicionais foram encomendados para lidar com a colheita futura. No entanto, com a maturação das frutas, veio a dolorosa decepção, pois em toda aquela bela gama de delícias ilusórias não havia um único pedaço que pudesse ser comido. No agradável sabor das peras e maçãs infiltrou-se um amargor e náusea furtivos, de modo que mesmo as menores mordidas induziam a um engulho duradouro. Foi a mesma coisa com os melões e tomates, e Nahum descobriu com tristeza que sua colheita inteira havia sido perdida. Rapidamente ligando uma coisa à outra, ele determinou que o meteorito contaminou o solo e agradeceu aos céus que a maior parte das outras colheitas estavam no planalto não adjacente à estrada.

O inverno veio mais cedo e foi bem frio. Ammi viu Nahum com menos frequência do que o normal, e notou que ele começou a parecer preocupado. O restante de sua família também parecia ter ficado taciturna e a presença deles não era nada constante nas missas ou nos vários eventos sociais da região. Para essa reclusão e melancolia não havia causa que podia ser descoberta, embora toda a família confessasse de vez em quando estar com a saúde pior e uma sensação de inquietação vaga. O próprio Nahum deu a declaração mais definitiva entre eles quando disse estar perturbado com certas pegadas na neve. Eram as pegadas de sempre de esquilos-vermelhos, coelhos brancos e raposas, mas o fazendeiro cismado afirmava ver algo de errado em sua natureza e arranjo. Ele nunca era específico, mas parecia pensar que elas não eram tão características da anatomia de esquilos, coelhos e raposas como deveriam ser. Ammi escutava desinteressado essas declarações até que, uma noite, ele passou pela casa de Nahum em seu trenó ao voltar de Clarks' Corners. Havia lua, e um coelho atravessou a estrada correndo, seus pulos eram longos demais para o gosto de Ammi ou de seu cavalo. Esse último, aliás, quase fugiu quando trazido com rédea curta. Depois disso, Ammi tratou as histórias de Nahum com mais respeito, e se perguntou por que os cães dos Gardner pareciam tão intimidados e trêmulos toda manhã. Eles haviam, descobriu-se, quase perdido a capacidade de latir.

Em fevereiro, os rapazes da família McGregor, de Meadow Hill, estavam caçando marmotas e não muito longe da casa dos

Gardner pegaram um espécime bastante peculiar. As proporções de seu corpo eram ligeiramente alteradas de forma insólita e impossível de descrever, ao passo que seu rosto adquirira uma expressão que ninguém jamais havia visto em uma marmota antes. Os garotos ficaram assustados de verdade e jogaram a coisa fora no mesmo instante, de modo que apenas seus relatos grotescos chegaram às pessoas da região. Mas o recuo dos cavalos perto da casa de Nahum agora era um fato reconhecido e a base para um ciclo de lendas sussurradas tomava forma rapidamente.

As pessoas afirmavam que a neve derretia mais rápido nos arredores da casa de Nahum do que em qualquer outro lugar e, no começo de março, houve uma discussão atemorizada na mercearia dos Potter em Clark's Corners. Stephen Rice havia passado pela casa dos Gardner de manhã e notou os repolhos-gambá[8] crescendo na lama da floresta do outro lado da estrada. Nunca coisas daquele tamanho haviam sido vistas antes, sendo que elas também continham cores estranhas que não podiam ser descritas por palavras. As formas eram monstruosas, e o cavalo relinchou diante de um odor que pareceu a Stephen completamente sem precedente. Naquela tarde, muitas pessoas passaram por lá para ver o crescimento anormal, e todos concordaram que plantas daquele tipo jamais deveriam brotar em um mundo saudável. Os frutos ruins do outono anterior eram mencionados livremente, e dizia-se boca a boca que havia veneno na terra de Nahum. É claro que era o meteorito e, lembrando o quanto os homens da faculdade acharam a rocha estranha, vários fazendeiros falaram sobre o assunto com eles.

Um dia, eles visitaram Nahum; mas, sem afeição por histórias e folclore disparatados, eles foram bastante conservadores em suas inferências. As plantas definitivamente eram estranhas, mas todos

---

8 Nome informal dado à espécie *Symplocarpus foetidus*. (N.T.)

os repolhos-gambá são mais ou menos estranhos em forma, odor e tonalidade. Talvez algum elemento mineral da rocha houvesse entrado no solo, mas ele logo seria levado pelas águas. Quanto às pegadas e aos cavalos assustados... é claro que isso era apenas o tipo de conversa interiorana ao qual um fenômeno como o aerólito daria início. Não havia nada de fato que homens sérios podiam fazer no caso de boatos disparatados, pois rústicos supersticiosos dizem e acreditam em qualquer coisa. Então, durante os tempos estranhos, os professores se mantiveram distantes com desdém. Apenas um deles, ao receber dois frascos de poeira para análise em um serviço para a polícia um ano e meio depois, lembrou que a cor insólita daquele repolho-gambá era muito similar à daquelas faixas de luz anômalas mostradas pelo fragmento do meteoro sob o espetrômetro, e ao do glóbulo frágil incorporado na rocha do abismo. As amostras dessa análise inicialmente apresentavam as mesmas faixas estranhas, mas depois perderam tal propriedade.

As árvores floresceram prematuramente ao redor da casa de Nahum e à noite elas balançavam agourentas com o vento. O segundo filho de Nahum, Thaddeus, um rapaz de quinze anos, jurou que elas também balançavam quando não havia vento, mas mesmo os boatos não davam credibilidade a isso. Contudo, era certo que a inquietude estava no ar. A família Gardner inteira adquiriu o hábito de aguçar os ouvidos discretamente, embora não buscassem nenhum som que pudessem nomear conscientemente. Os ouvidos aguçados eram, na verdade, o produto dos momentos nos quais a consciência parecia escapar em parte. Infelizmente, momentos assim aumentaram semana a semana, até que passou a ser senso comum que "tinha algo de errado com todo o pessoal do Nahum". Quando a saxifraga prematura floresceu, tinha outra cor estranha, não exatamente igual à do repolho-gambá, mas com certeza estava associada e era igualmente desconhecida por qualquer um que a visse. Nahum levou algumas flores para Arkham e as mostrou para o editor do *Gazette*, mas o dignitário em questão não fez nada além de escrever um artigo de humor sobre eles, no qual os medos sombrios dos rústicos eram sujeitados à polida zombaria. Foi um erro de Nahum contar a um homem da cidade impassível sobre o modo como as borboletas antíopes enormes e hipertrofiadas se comportavam em relação às saxifragas.

Abril trouxe um novo tipo de loucura ao povo da região, e deu início ao desuso da estrada que passava por Nahum, levando ao derradeiro abandono. Era a vegetação. Todas as árvores do pomar passaram a florescer com cores estranhas e através do solo rochoso do jardim e do pasto adjacente surgiu uma planta bizarra que apenas um botânico seria capaz de conectar com a flora da região. Nenhuma cor sã e sadia estava à vista exceto pela grama e pelas folhas verdes; em vez disso, em tudo havia essas variantes alucinantes e prismáticas de um tom primário subjacente e adoecido que não tinha lugar junto às tonalidades conhecidas na terra. As calças-do-holandês[9] se tornaram algo que continha uma ameaça sinistra e as sanguinárias cresciam insolentes com suas perversões cromáticas. Ammi e os Gardner achavam que a maioria das cores tinha um tipo de familiaridade assombroso e decidiram que lembravam a do glóbulo quebradiço no meteoro. Nahum arou e semeou o pasto de quatro hectares e o lote do planalto, mas não fez nada com o terreno ao redor da casa. Ele sabia que seria em vão, e esperava que o estranho cultivo do verão puxasse todo o veneno do solo. Ele agora estava preparado para quase qualquer coisa, tendo também se acostumado à sensação de haver algo perto dele esperando para ser ouvido. A rejeição à sua casa por parte de seus vizinhos pesava sobre ele, mas ainda mais sobre sua esposa. Os rapazes estavam em melhores condições, por irem à escola diariamente, mas eles não tinham como

---

9 Nome informal dado à espécie *Dicentra cucullaria*. (N.T.)

deixar de se assustar com os boatos. Thaddeus, um jovem especialmente sensível, foi o que mais sofreu.

Em maio, vieram os insetos, e a casa de Nahum virou um pesadelo de zumbido e rastejo. A maioria das criaturas não parecia exatamente normal em seus aspectos e movimentos, e seus hábitos noturnos contradiziam toda a experiência anterior. Os Gardner passaram a vigiar toda noite, olhando atentamente todas as direções aleatoriamente buscando algo... eles não sabiam dizer o quê. Foi então que todos reconheceram que Thaddeus tinha razão sobre as árvores. A senhora Gardner foi a próxima a ver da janela enquanto olhava os galhos inchados de um bordo contrastando com o céu iluminado pela lua. Os galhos sem dúvida se moviam e não havia vento algum. Só podia ser a seiva. A estranheza havia surgido em tudo que agora crescia. No entanto, não foi ninguém da família de Nahum que fez a descoberta seguinte. A familiaridade os insensibilizara e o que eles não eram capazes de enxergar foi vislumbrado por um tímido vendedor de moinhos de vento de Bolton que, desconhecendo as lendas da região, passou por lá determinada noite. O que ele contou em Arkham ganhou um breve parágrafo no *Gazette*, e foi lá que todos os fazendeiros, incluindo Nahum, viram pela primeira vez. A noite havia sido escura e as lanternas estavam fracas, mas ao redor de uma fazenda no vale que todos sabiam, pelo relato, ser necessariamente a de Nahum, a escuridão estava menos espessa. Uma luminosidade fraca, mas distinta, parecia inerir a toda a vegetação – grama, folhas e flores em igual medida –, sendo que em um momento um pedaço desvencilhado da fosforescência pareceu agitar-se furtivamente no jardim próximo ao celeiro.

A grama até então parecia estar intocada e as vacas eram pastoreadas livremente no lote próximo à casa, mas perto do fim de maio, o leite começou a ter gosto ruim. Então, Nahum fez as vacas irem ao planalto, e com isso o problema cessou. Não muito depois disso, a mudança na grama e nas folhas começou a ficar evidente aos olhos. Todas as verduras estavam acinzentando e desenvolviam um aspecto quebradiço extremamente único. Ammi agora era a única pessoa que visitava o lugar, e suas visitas eram cada vez menos frequentes. Quando a escola encerrou o ano letivo, os Gardner ficaram virtualmente separados do mundo, e às vezes deixavam Ammi cuidar de seus afazeres na cidade. Curiosamente, eles estavam deteriorando tanto física como mentalmente, de modo que ninguém ficou surpreso quando a notícia da loucura da sra. Gardner passou a circular.

Aconteceu em junho, aproximadamente no aniversário da queda do meteoro, e a coitada da mulher gritou sobre coisas no ar que ela não conseguia descrever. Em seu devaneio não havia um substantivo específico sequer, apenas verbos e pronomes. Coisas se moviam e mudavam e tremulavam e os ouvidos formigavam diante de estímulos que não eram inteiramente sons. Algo havia sido tomado... algo nela estava sendo drenado... algo que não devia se apertava nela... alguém precisava ser mantido longe... nada na noite nunca foi estático... as paredes e janelas mudavam de lugar. Nahum não a mandou para o asilo do condado, mas deixou que ela perambulasse pela casa contanto que não apresentasse perigo para si mesma e para os demais. Mesmo quando sua expressão mudou, ele não fez nada. Todavia, quando os meninos começaram a ficar com medo dela e Thaddeus quase desmaiou por causa do modo como ela lhe fazia caretas, ele decidiu deixá-la trancada no sótão. Em julho, ela já havia parado de falar e rastejava de quatro e, antes que aquele mês acabasse, Nahum obteve a noção insana de que ela estava brilhando ligeiramente no escuro, como ele agora via claramente ocorrer com a vegetação próxima.

Foi pouco antes disso que os cavalos debandaram. Algo os havia agitado à noite e seus relinchos e coices nas baias foram terríveis. Não parecia haver virtualmente nada a se fazer para acalmá-los e, quando Nahum abriu a porta do estábulo, todos eles dispararam como veados selvagens assustados. Levou uma semana para achar todos os quatro e, quando eram encontrados, pareciam estar consideravelmente incapacitados e incontroláveis. Algo havia surtado em seus cérebros e cada um deles precisou levar um tiro para seu próprio bem. Nahum pegou emprestado com Ammi um cavalo para a fenação, mas descobriu que ele não se aproximava do celeiro. Ele recuava, hesitava e relinchava, e no fim ele não pôde fazer nada além de levá-lo ao jardim enquanto homens usavam sua própria força para levar a carroça pesada perto o suficiente do palheiro para facilitar. Tudo isso enquanto a vegetação ficava cinza e quebradiça. Mesmo as flores cujos tons haviam sido tão estranhos agora acinzentavam, e os frutos saíam cinza, diminutos e sem gosto. Os ásteres e solidagos floresciam cinza e distorcidos, e as rosas e zínias e malvas-rosas no jardim da frente eram coisas de aparência tão blasfema que o filho mais velho de Nahum, Zenas, as cortou. Os insetos estranhamente inchados morreram naquela época, mesmo as abelhas haviam deixado suas colmeias e ido para as florestas.

Em setembro, toda a vegetação já se reduzia rapidamente a um pó acinzentado, e Nahum temia que as árvores morressem antes que o veneno saísse do solo. Sua esposa agora tinha acessos de gritos terríveis e ele e os filhos estavam em estado constante de tensão nervosa. Eles agora evitavam as pessoas e, quando a escola retomou as atividades, os garotos não foram. Mas foi Ammi, em uma das suas raras visitas, que percebeu pela primeira vez que a água do poço não estava mais boa. Tinha um gosto asqueroso que não era exatamente fétido nem exatamente salgado, e Ammi aconselhou seu amigo a cavar outro poço em um terreno mais elevado para usar até que o solo ficasse bom novamente. Nahum, porém, ignorou o alerta, pois havia a essa altura ficado calejado em relação a coisas estranhas e desagradáveis. Ele e os filhos continuaram a usar a fonte contaminada, bebendo dela com a mesma indiferença e automaticidade que comiam suas refeições escassas e mal cozinhadas e faziam suas tarefas ingratas e monótonas ao longo dos dias sem sentido. Havia certa resignação impassível neles, como se tivessem adentrado parcialmente em outro mundo, entre fileiras de guardas anônimos e rumo a uma perdição certa e familiar.

Thaddeus enlouqueceu em setembro, após uma visita ao poço. Ele havia ido com um balde e voltado de mãos vazias, berrando, balançando os braços e tendo lapsos de risos sem sentido ou de sussurros sobre "as cores se mexendo lá embaixo". Dois casos em uma família era bem grave, mas Nahum foi bastante valente a respeito da situação. Deixou o garoto correr livremente por uma semana até que ele começou a tropeçar e se machucar, quando então o trancou em um quarto do sótão do lado oposto ao da mãe. O modo como eles gritavam um com o outro detrás de portas trancadas era bastante terrível, especialmente para o pequeno Merwin, que achava que eles falavam em uma língua terrível que não era da terra. Merwin estava adquirindo uma imaginação arrepiante, e sua inquietação piorou depois que ficou afastado do irmão que mais brincava com ele.

Quase na mesma época, a mortalidade do gado começou. Aves acinzentaram e morreram bem rápido; suas carnes se revelaram secas e barulhentas ao cortar. Porcos ficaram anormalmente gordos, depois de repente começaram a sofrer mudanças odiosas que ninguém conseguia explicar; a carne deles, claro, era inaproveitável, e Nahum não sabia mais o que fazer. Nenhum veterinário rural se dispunha a se aproximar do lugar; o veterinário urbano de Arkham estava declaradamente perplexo. Os suínos começaram a ficar cinzentos e quebradiços, despedaçando antes de morrer, e seus olhos e focinhos desenvolveram mudanças singulares. Foi bastante inexplicável, pois eles nunca haviam se alimentado da vegetação contaminada. Então, algo acometeu as vacas. Algumas áreas – ou, às vezes, o corpo inteiro – ficavam excepcionalmente enrugadas ou comprimidas, e colapsos ou desintegrações atrozes eram comuns. Nos estágios finais – que sempre resultavam na morte – havia um processo de ficar cinza e quebradiço, como o que ocorrera com os porcos. O veneno estava fora de questão, pois todos ocorreram em um celeiro trancado e inalterado. Nenhuma mordida de criaturas rastejantes poderia ter trazido o vírus, pois que animal vindo da terra poderia atravessar obstáculos sólidos? Só podia ser uma doença natural... mas que doença poderia causar efeitos assim era algo que nenhuma mente tinha como responder. Quando a colheita veio, não havia um animal sobrevivente no lugar, pois os gados bovino, suíno e aviário haviam morrido e os cães haviam fugido. Os cães, que eram três, sumiram todos uma noite e nunca mais se ouviu e falar deles. Os cinco gatos foram embora algum tempo antes, mas sua partida mal foi notada visto que agora parecia não haver mais ratos e apenas a sra. Gardner tratava os felinos graciosos como animais de estimação.

No dia 19 de outubro, Nahum cambaleou até a casa de Ammi com notícias terríveis. A morte havia chegado para o pobre Thaddeus em seu cômodo no sótão, tendo ocorrido de uma maneira que não podia ser determinada. Nahum cavou uma cova no terreno cercado da família atrás da fazenda e colocou lá o que encontrara. Não podia ter sido nada vindo de fora, pois a pequena janela gradeada e a porta trancada estavam intactas; mas foi muito similar ao que ocorrera no celeiro. Ammi e sua esposa consolaram o homem abatido da melhor maneira que podiam, mas estavam arrepiados enquanto o faziam. Terror absoluto parecia se agarrar aos Gardner e a tudo o que eles tocavam; a presença de um deles na casa era em si um sopro de regiões desconhecidas e inomináveis. Ammi acompanhou Nahum de volta para casa com a maior das relutâncias e fez o que podia para apaziguar o choro histérico do pequeno Merwin. Zenas não precisava ser acalmado. Àquela altura, ele não fazia nada além de contemplar fixamente o espaço e obedecer às ordens que seu pai lhe dava; e Ammi pensou que seu destino foi misericordioso. De vez em quando, os gritos de Merwin eram respondidos fracamente do sótão e, em resposta a um olhar inquisitivo, Nahum disse que sua esposa estava ficando bastante debilitada. Quando a noite se aproximou, Ammi conseguiu ir embora, pois nem mesmo a amizade seria capaz de fazê-lo ficar naquele ponto quando o brilho fraco da vegetação começava e as árvores talvez se mexessem sem o vento, talvez não. Ammi tinha muita sorte por não ser mais imaginativo. Mesmo neste caso, sua mente estava ligeiramente alterada; mas, se ele tivesse sido capaz de conectar e refletir sobre todos os sinais à sua volta, ele inevitavelmente se tornaria um completo maníaco. Durante o entardecer, ele foi às pressas para a própria casa, com os gritos da mulher ensandecida e da criança nervosa zunindo em seus ouvidos.

Três dias depois, Nahum adentrou abruptamente a cozinha de Ammi no início da manhã e, diante da ausência de seu anfitrião, começou a balbuciar novamente uma história desesperada, enquanto a sra. Pierce escutava com arrepios tensos. Foi o pequeno Merwin dessa vez. Ele sumira. Havia saído tarde da noite com uma lanterna e um balde para pegar água e nunca voltou. Ele estava em crise havia dias e não sabia do que se tratava. Gritava para tudo. Houve um berro frenético do jardim no momento em questão mas, antes que o pai conseguisse chegar à porta, o garoto havia desaparecido. Não havia brilho na lanterna que ele levara e da criança em si não havia rastro. Naquele instante, Nahum achou que a lanterna e o balde também haviam sumido mas, quando chegou o amanhecer e o homem havia voltado a passos pesados de sua busca ininterrupta pelas florestas e campos, ele encontrou algumas coisas bastante curiosas próximas ao poço.

Havia uma massa de ferro esmagada e aparentemente meio derretida que certamente era a lanterna; ao passo que um recipiente entortado e aros de ferro retorcidos ao lado dele, ambos semifundidos, sugariam ser resquícios do balde. Isso era tudo. Nahum não tinha mais o que imaginar, a sra. Pierce não era capaz de dizer nada e Ammi, quando chegou em casa e ouviu a história, não tinha nenhuma sugestão. Merwin não estava mais entre eles, e não adiantava avisar as pessoas dos arredores, que agora evitavam os Gardner. Também não adiantava falar ao povo da cidade em Arkham, que ria de tudo. Thad partira e agora Merwin partira. Algo rastejava e rastejava e esperava ser visto e sentido e escutado. Nahum teria o mesmo destino em breve, e queria que Ammi cuidasse de sua esposa e de Zenas se eles vivessem mais tempo que ele. Deve ser tudo, de algum modo, uma sentença; embora ele não pudesse imaginar por que, visto que ele sempre seguira corretamente os preceitos do Senhor, pelo que sabia.

Por mais de duas semanas, Ammi não teve sinal de Nahum; e então, preocupado com o que podia ter acontecido, superou seus medos e fez uma visita à casa dos Gardner. Não havia fumaça saindo da grande chaminé, e por um momento o visitante temeu o pior. O aspecto da fazenda como um todo era chocante: folhas e grama acinzentadas e definhadas no chão, vinhas caindo em ruínas quebradiças de paredes e telhados e grandes árvores desfolhadas cujas garras se erguiam para o céu cinza de novembro com uma malevolência calculada que Ammi não conseguia deixar de sentir vir de uma mudança sutil na inclinação dos galhos. Mas Nahum estava vivo, afinal. Ele estava enfraquecido e deitado em um sofá na cozinha de teto baixo, mas perfeitamente consciente e capaz de dar ordens simples a Zenas. O cômodo estava terrivelmente frio e, quando Ammi tremeu visivelmente, o anfitrião gritou rouco para Zenas pegar mais madeira. Madeira, de fato, era altamente necessária, pois a lareira cavernosa estava apagada e vazia, com nuvem de fuligem soprando com vento frio que descia da chaminé. Naquele momento, Nahum perguntou se a madeira adicional o havia deixado mais confortável, e foi então que Ammi viu o que havia acontecido. O último fio finalmente se rompera e a mente do infeliz fazendeiro ficou isolada de novas mágoas.

Questionando cuidadosamente, Ammi não conseguia obter nenhuma informação clara sobre o desaparecido Zenas.

– No poço... ele vive no poço... – era tudo o que o pai turvado dizia.

Então a mente do visitante pensou por um instante na esposa enlouquecida, fazendo-o mudar o rumo do interrogatório.

– Nabby? Ora, aqui está ela! – foi a resposta surpresa do pobre Nahum, e Ammi logo viu que precisava procurá-la por conta própria.

Deixando o balbuciante inofensivo no sofá, ele pegou as chaves do prego ao lado da porta e subiu as escadas rangentes até o sótão. Estava bem confinado e malcheiroso lá, e nenhum som podia ser ouvido de nenhuma direção. Das quatro portas à vista, apenas uma estava trancada, e nessa ele tentou várias chaves do chaveiro que havia pegado. A terceira chave se mostrou ser a correta e, depois de alguns movimentos desajeitados, Ammi abriu a porta branca e baixa.

Estava bem escuro ali dentro, pois a janela era pequena e também semiobscurecida pelas barras de madeira rudimentares, e Ammi não conseguia ver absolutamente nada no chão de tábuas largas. O fedor era insuportável e, antes de avançar mais, ele teve de recuar para outro cômodo e voltar com os pulmões cheios de ar respirável. Quando entrou de fato, vislumbrou algo escuro no canto, e ao ver com mais clareza ele gritou a plenos pulmões. Enquanto gritava, pensou que uma nuvem momentânea havia eclipsado a janela e, um segundo depois, ele se sentiu como se perpassado por uma corrente de vapor detestável. Cores estranhas dançaram diante de seus olhos e, se não estivesse entorpecido por um horror presente, ele teria pensado no glóbulo do meteoro que o martelo de geólogo havia estilhaçado e na vegetação mórbida que brotou na primavera. No momento, ele só pensava na monstruosidade blasfema que o confrontou e que tão claramente partilhava dos destinos inomináveis do jovem Thaddeus e do gado. Mas o que era terrível neste horror é que ele lenta e perceptivelmente se movia como se continuasse a desmoronar.

Ammi não adicionou detalhes à cena, mas a forma no canto não reaparece em sua história como um objeto em movimento. Há coisas que não podem ser mencionadas, e o que é feito por humanidade comum às vezes é visto de forma cruel pela lei. Deduzi que nenhuma coisa em movimento foi deixada no cômodo do sótão, e que deixar qualquer coisa capaz de movimentar-se ali dentro seria um feito tão monstruoso que amaldiçoaria o responsável com tormento eterno. Qualquer um que não fosse um fazendeiro impassível teria desmaiado ou enlouquecido, mas Ammi saiu consciente daquele vão de porta baixo e trancou o segredo maldito atrás dele. Agora precisava lidar com Nahum; ele precisava ser alimentado e tratado, além de conduzido a algum lugar onde se pudesse cuidar dele.

Começando sua descida pelas escadas escuras, Ammi ouviu uma batida abaixo de si. Ele até achou que um grito havia sido repentinamente sufocado, e se lembrou nervosamente do vapor úmido que o perpassou no apavorante cômodo acima. A que presença havia seu grito e entrada dado início? Detido por um medo vago, ele ouviu mais sons abaixo. Sem dúvida algo pesado era arrastado e havia um barulho pegajoso do mais detestável, como uma espécie diabólica e suja de sucção. Com um senso associativo induzido a níveis febris, ele pensou inconsequentemente no que havia visto lá em cima. Por Deus! Que mundo onírico sobrenatural era esse com o qual ele havia se deparado? Ele não ousava avançar nem recuar, ficando ali tremendo na curva negra da escadaria fechada. Cada minúcia dessa cena gravou-se com ferrete em seu cérebro. Os sons, a sensação de expectativa temerosa, a escuridão, o declive dos degraus curtos... e misericórdia!... a luminosidade fraca, mas inconfundível de toda a carpintaria à vista: degraus, laterais, ripas expostas e vigas, todos eles!

Então, irrompeu um relincho frenético do cavalo de Ammi do lado de fora, seguido imediatamente por um tamborilar que significava uma fuga alucinada. Em um momento seguinte, cavalo e carroça estavam longe demais para se ouvir, deixando o homem apavorado nas escadas escuras tentando adivinhar o que causou a fuga. Mas isso não era tudo. Havia outro som nos arredores. Uma forma de barulho líquido... água... só podia ser o poço. Ele havia deixado Hero solto perto dele e a roda da carroça deve ter roçado o anel do poço e derrubado uma pedra dentro. E ainda assim a fosforescência pálida brilhava naquela detestável carpintaria antiga. Deus! Como era velha essa casa! A maior parte foi construída antes de 1670, e o telhado em estilo gambrel não foi feito depois de 1730.

Arranhões débeis no piso abaixo agora soavam com distinção e a mão de Ammi apertou o pedaço de pau pesado que pegara no sótão por algum motivo. Aos poucos juntando coragem, ele terminou de descer e caminhou audaciosamente até a cozinha. Mas não terminou o trajeto, porque o que ele procurava não estava mais ali. Havia vindo encontrar-se com ele e ainda estava vivo até certo ponto. Se havia rastejado ou se havia sido arrastado por uma força externa qualquer, Ammi não sabia dizer; mas a morte havia passado por ele. Tudo acontecera na meia hora anterior, mas o colapso, o acinzentamento e a desintegração já estavam muito avançados. Havia um horrível aspecto quebradiço e fragmentos secos descascavam. Ammi não era capaz de tocá-lo, mas olhava horrorizado para a paródia distorcida do que antes havia sido um rosto.

– O que fez isso, Nahum... o que fez isso? – ele sussurrou, e o os lábios inchados e com fissuras foram capazes de crepitar uma última resposta.

– Nada... nada... a cor... queima... fri'e molhada... mas queima... morava no poço... eu vi... meio q'uma fumaça... que nem as flor da última primavera... o poço brilhava de noite... o Thad e o Mernie e o Zenas... tudo qu'é vivo... suga a vida de tudo... naquela pedra... tem que ter vindo naquela pedra... venenou o lugar todo... num sei o que qué... aquela coisa redonda que uzómi da faculdade tirô da pedra... eles quebraro... era da mesma cor... igualzinha, que nem as flor e as planta... divia ter mais daquilo... sementes... sementes... elas crescero... vi pela primêra vez essa semana... deve ter sido forte no Zenas... era um rapazão, chei'de vida... ela acaba com a tua mente e depois te pega... te queima... na água do poço... tu tinha razão... água do mal... o Zenas nunca voltô do poço... num dá pra fugí... te puxa... você sabe que tem uma coisa vindo, mas num adianta... eu vi de nov'e de novo depois que levaro o Zenas... cadê a Nabby, Ammi?... minha cabeça num tá boa... num sei quanto tempo faz que num dô comida pra ela... vai pegar ela se a gente num tomá cuidado... só uma cor... a cara dela tá ficando com aquela cor às vezes de noite... e queima e suga... veio d'um lugar onde as coisa não são como são aqui... um dos professô disse isso... tava certo... cuidado, Ammi... vai fazer mais coisa... chupa a vida...

Mas isso foi tudo. Aquilo que falava não podia mais falar, pois havia desmoronado por completo. Ammi pôs uma toalha de mesa xadrez vermelha sobre o que restara e recuou pela porta dos fundos para os campos. Ele subiu a ladeira para o pasto de quatro hectares e cambaleou para casa pela estrada sentido norte e pela floresta. Ele não podia passar por aquele poço do qual seu cavalo fugira. Ele havia olhado para o poço pela janela e visto que nenhuma pedra faltava no anel. Então a carroça em disparada não havia desencaixado nada, afinal; o barulho havia sido outra coisa... algo que havia entrado no poço depois de ter feito o que precisava fazer com o coitado do Nahum...

Quando Ammi chegou à sua casa, o cavalo e a carroça haviam chegado antes e causado crises de ansiedade na esposa. Reconfortando-a sem dar explicações, ele foi imediatamente a Arkham e notificou as autoridades de que a família Gardner não existia mais. Ele não deu detalhes, apenas contou sobre as mortes de Nahum e Nabby – a de Thaddeus já era sabida – e mencionou que a causa parecia ter sido a mesma enfermidade que havia matado o gado. Ele também declarou que Merwin e Zenas haviam desaparecido. Houve um interrogatório considerável na delegacia, e, no fim, Ammi foi convencido a levar três policiais para a fazenda dos Gardner, acompanhados do investigador de óbitos, do médico-legista e do veterinário que havia tratado os animais doentes. Ele foi contra a própria vontade, pois a tarde avançava e ele temia o cair da noite naquele lugar maldito, mas era um pouco reconfortante ter tantas pessoas consigo.

Os seis homens viajaram numa carruagem de duas fileiras, seguindo a carroça de Ammi, e chegaram à casa de campo pesteada aproximadamente às quatro horas. Por mais que os policiais estivessem acostumados a experiências tenebrosas, nenhum ficou impassível diante do que viram no sótão e abaixo da toalha de mesa no andar de baixo. O aspecto todo da fazenda, com sua desolação cinza, já era ruim o bastante, mas aqueles dois objetos desmoronados extrapolavam todos os limites. Ninguém conseguia olhar para eles por muito tempo, e mesmo o médico-legista admitiu que não havia muito o que examinar. Amostras podiam ser analisadas, claro, então ele se ocupou em recolhê-las – e, a propósito, um desenrolar enigmático ocorreu no laboratório da faculdade para o qual os dois frascos foram enfim levados. Sob o espectrômetro, ambas as amostras apresentaram um espectro desconhecido, no qual muitas das faixas surpreendentes eram exatamente iguais àquelas que o estranho meteoro exibira no ano anterior. A propriedade de emissão desse espectro sumiu dentro de um mês, e a poeira depois disso consistia majoritariamente em carbonatos e fosfatos alcalinos.

Ammi não teria contado aos homens sobre o poço se achasse que eles pretendiam fazer algo naquele mesmo momento. O pôr do sol se aproximava e ele ansiava ficar longe dali. Mas não conseguiu evitar olhar nervosamente para o anel de pedras perto ao amplo gramado e, quando um detetive indagou, admitiu que Nahum temia que houvesse algo lá embaixo; a ponto de que ele nunca nem considerou procurar Merwin ou Zenas ali dentro. Depois disso, nada estaria resolvido a não ser que eles esvaziassem e explorassem o poço imediatamente, então Ammi precisou esperar trêmulo enquanto balde após balde de água rançosa era elevado e jogado no chão encharcado do lado de fora. Os homens cheiravam com nojo o fluido e, quando chegaram ao último, tamparam o nariz para evitar o fedor que revelavam. Não foi um trabalho tão longo quanto temiam que seria, pois a água estava fenomenalmente rasa. Não é preciso dizer com muita exatidão sobre o que encontraram. Merwin e Zenas estavam ambos ali, em parte, embora os vestígios fossem praticamente esqueletos. Também havia um veado pequeno e um cão grande num estado similar, e uma série de ossos de animais menores. O lodo e a gosma no fundo pareciam inexplicavelmente porosos e borbulhantes, e um homem que desceu com apoios de mão e uma vara longa descobriu que conseguia afundar a haste de madeira a qualquer profundidade na lama do chão sem encontrar qualquer obstrução sólida.

O crepúsculo havia chegado; lanternas foram trazidas de dentro da casa. Então, quando se percebeu que mais nada podia ser obtido do poço, todos foram para dentro da casa e se reuniram na antiga sala de estar enquanto a luz intermitente de uma meia-lua espectral se projetava na desolação cinzenta do lado de fora. Os homens estavam sinceramente perplexos com todo o caso, e não conseguiam achar qualquer elemento comum para conectar as estranhas condições dos vegetais, a doença desconhecida do gado e dos humanos e as mortes não explicadas de Merwin e Zenas no poço contaminado. Eles tinham ouvido a conversa interiorana comum, é verdade, mas não podiam acreditar que qualquer coisa que ia contra as leis da natureza tivesse ocorrido. Sem dúvida o meteoro envenenara o solo, mas as doenças das pessoas e animais que não tinham comido nada cultivado naquele solo eram uma questão à parte. Seria a água do poço? Muito possivelmente. Talvez fosse uma boa ideia analisá-la. Mas que loucura peculiar poderia ter feito ambos os rapazes pularem para dentro do poço? Suas ações eram tão similares; e os fragmentos mostraram que ambos haviam sofrido da morte cinza e quebradiça. Por que era tudo tão cinza e quebradiço?

Foi o investigador de óbitos, sentado próximo a uma janela com vista para o jardim, que notou primeiro o brilho ao redor do poço. A noite havia caído por completo e os terrenos aberrantes pareciam emitir um brilho fraco que não vinha dos raios irregulares do luar; esse novo brilho tinha algo definido e distinto, e parecia emergir do abismo negro como um raio de holofote suavizado, criando reflexões foscas nas pequenas poças no chão onde a água havia sido despejada. Tinha uma cor bastante insólita e, enquanto os homens se apinharam perto da janela, Ammi sobressaltou-se com violência, pois aquele feixe estranho de miasma horripilante era, para ele, de uma tonalidade que não era estranha. Ele havia visto aquela cor antes, e tinha medo de pensar no que poderia significar. Ele a viu no glóbulo quebradiço e asqueroso dentro do aerólito havia dois verões, viu-a na vegetação insana da primavera, e pensou tê-la visto por um instante naquela mesma manhã, contra a pequena janela gradeada daquele terrível cômodo no sótão onde coisas inomináveis aconteceram. Lampejou naquela ocasião por um segundo, e uma corrente úmida e odiosa de vapor passou por ele… e em seguida Nahum foi consumido por algo daquela cor. Ele mesmo lhe contara isso no fim: dissera que era o glóbulo e as plantas. Depois disso, ocorrera a fuga no jardim e o barulho no poço… e agora aquele poço expelia na noite um feixe pálido e insidioso do mesmo matiz demoníaco.

É um mérito à atenção da mente de Ammi o fato de que ele raciocinava mesmo em um momento tenso sobre uma questão que era científica em sua essência. Ele não conseguia deixar de contemplar a obtenção de uma mesma impressão a partir de um vapor vislumbrado de dia, contra uma abertura de janela no céu do amanhecer e de uma exalação noturna vista como névoa fosforescente contrastando com uma paisagem negra e arrasada. Não era certo – ia contra a natureza – e ele pensou naquelas terríveis últimas palavras de seu amigo abatido: "veio d'um lugar onde as coisa não são como são aqui… um dos professô disse isso…".

Todos os três cavalos do lado de fora, presos a um par de brotos murchos à beira da estrada, começaram a relinchar e a bater as patas freneticamente. O condutor da carruagem disparou até a porta para fazer algo, mas Ammi colocou uma mão trêmula sobre seu ombro.

– Num vai lá, não – sussurrou. – Tem mais niss'aí do que a gente sabe. O Nahum disse que tinha uma coisa que vivia no poço e que ela suga a vida d'ocê. Disse que divia de ser uma coisa que cresceu d'uma bola redonda que nem uma que nós viu na pedra do meteoro que caiu em junho faz um ano. Suga e queima, ele disse, e é só uma nuvem da mesma cor que aquela luz ali, que mal dá pra vê e não dá pra dizer qualé. O Nahum achava que ela se alimentava de tudo que é vivo e que o tempo todo ela fica mais forte. Ele disse que viu semana passada. Tem que ser uma coisa lá de longe no céu, que nem uzómi da faculdade ano passado dissero que o meteoro era.

O jeito que é feito e o jeito que funciona não é que nem nenhum jeito desse mun'de Deus. É d'uma coisa do além.

Então, os homens se detiveram indecisos enquanto a luz do poço ficava cada vez mais forte e os cavalos amarrados batiam as patas e relinchavam com um frenesi cada vez maior. Era um momento genuinamente horrível, com terror na casa antiga e amaldiçoada em si, quatro conjuntos monstruosos de fragmentos – dois da casa e dois do poço – no lenheiro atrás deles e aquele buraco de iridescência desconhecida e profana das profundezas lodosas à frente. Ammi havia contido o condutor por impulso, esquecendo como ele ficou ileso depois do raspão úmido daquele vapor colorido no sótão, mas talvez tenha sido melhor ele ter agido como agiu. Ninguém jamais saberá o que havia ali fora naquela noite e, embora a blasfêmia do além não houvesse, até então, ferido nenhum homem cuja mente não estivesse enfraquecida, não dá para saber o que poderia ter feito naquele momento derradeiro, e com essa força aparentemente ampliada e indícios especiais de intenção logo se apresentariam sob o céu seminublado e iluminado pelo luar.

De uma vez só, todos os detetives à janela arquejaram de maneira curta e acentuada. Os demais olharam para ele, e rapidamente seguiram o seu olhar para cima, para o ponto no qual sua perambulação ociosa havia repentinamente parado. Palavras não eram necessárias. O que havia sido contestado nos rumores interioranos era agora incontestável, e é por causa da coisa que todo homem daquele grupo concordou em sussurrar posteriormente que nunca se fala dos tempos estranhos em Arkham. É necessário prefaciar que não havia vento àquela hora da noite. Um vento surgiu não muito depois, mas não havia absolutamente nenhum naquele momento. Mesmo as pontas secas do erísimo sobrevivente, que estava cinzento e adoentado, e a franja do teto da carruagem de duas fileiras estavam imóveis. E apesar disso, em meio àquela quietude tensa e ímpia, os ramos altos e nus de todas as árvores no jardim se moviam. Elas se contorciam mórbida e espasmodicamente, arranhando com as garras num desvario convulsivo e epiléptico as nuvens sob o luar, roçando impotentemente o ar nocivo como se sacudidas por uma ligação alienígena e incorpórea a horrores subterrenos se retorcendo e se debatendo abaixo das raízes negras.

Nenhum homem respirou por vários segundos. Então, uma nuvem de profundidade mais escura cobriu a lua, e a silhueta dos galhos flexionando as falanges sumiu por um momento. Em resposta a isso houve um grito generalizado, abafado com o espanto, mas robusto e quase idêntico em todas as gargantas. Porque o terror não sumira junto com as silhuetas, e em um instante amedrontador de escuridão mais densa os espectadores viram, irrequietos na altura das copas de árvores, milhares de pontinhos de luminosidade fraca e sacrílega, na ponta de cada galho como o fogo de St. Elmo ou as chamas que caíram sobre as cabeças dos apóstolos no Pentecostes. Era uma constelação monstruosa de luz sobrenatural, como um enxame de vaga-lumes de barriga cheia alimentados por cadáveres dançando uma sarabanda infernal sobre um pântano maldito, e sua cor era a mesma daquela intrusão anônima que Ammi passara a reconhecer e temer. Tudo isso enquanto o feixe de fosforescência do poço brilhava mais e mais, trazendo às mentes dos homens apinhados uma sensação de desgraça e anormalidade que ultrapassava qualquer imagem que suas mentes conscientes poderiam formar. Não estava mais *brilhando*, estava *escorrendo*; e, conforme o fluxo sem forma de cor indeterminável saía do poço, parecia seguir diretamente para o céu.

O veterinário estremeceu e foi até a porta da frente para colocar a tábua pesada adicional na frente dela. Ammi não tremeu menos, e, na falta de voz controlável, teve de dar puxões e apontar quando quis chamar a atenção para a crescente luminosidade das árvores. Os relinchos e pisadas dos cavalos se tornaram totalmente aterrorizantes, mas nenhuma alma naquele grupo dentro da casa antiga se aventuraria para fora por nenhuma recompensa terrena. Com os momentos, o brilho das árvores aumentou, ao passo que seus galhos inquietos pareciam se retorcer mais e mais no sentido vertical. A madeira da cegonha de poço agora brilhava e, nesse momento, um policial apontou mudo para alguns depósitos de ferramenta e colmeias próximos à parede de pedra ao oeste. Eles começaram a brilhar também, embora os veículos amarrados dos visitantes parecessem até então livres do efeito. Houve em seguida uma comoção e galopes descontrolados na estrada e, assim que Ammi apagou a lâmpada para enxergarem melhor, eles se deram conta de que a parelha equina frenética quebrara o broto e fugira com a carruagem de duas fileiras.

O choque serviu para soltar várias línguas, levando a uma troca de sussurros constrangidos.

– Se espalha por todas as formas orgânicas que ficaram aqui – murmurou o médico-legista.

Ninguém respondeu, mas o homem que havia entrado no poço sugeriu que sua vara tivesse mexido algo intangível.

– Foi horrível – ele acrescentou. – Não tinha fundo nenhum. Só lodo e bolhas e a sensação de algo à espreita lá embaixo.

O cavalo de Ammi ainda pisoteava e soltava gritos ensurdecedores na estrada do lado de fora, e quase sufocou a voz fraca e modulada do dono enquanto esse resmungava suas reflexões disformes.

– Veio daquela rocha... cresceu lá embaixo... pegô tudo qu'é vivo... s'alimentô deles, da ment'e do corpo... O Thad e o Mernie, o Zenas e a Nabby... o Nahum foi o último... eles tudo bebeu a água... ficô forte neles... veio do além, onde as coisa num são como são aqui... agora tá indo pra casa...

A essa altura, conforme a coluna de cor desconhecida ardia mais forte e começava a tecer sugestões de modo fantástico que cada espectador posteriormente descreveria de forma díspar, veio do pobre

Hero, amarrado, um som que nenhum homem antes disso ou desde então ouviu vindo de um cavalo. Cada pessoa naquela sala de estar de teto baixo tampou os ouvidos e Ammi deu as costas para a janela com horror e náusea. Palavras não eram capazes de descrever; quando Ammi olhou de novo, o animal infeliz estava deitado de forma amontoada e inerte sobre o chão iluminado pela lua e em meio às hastes lascadas da carroça. Esse era o fim de Hero na história até que o enterrassem, no dia seguinte. Naquele momento, não havia tempo para lamentar sua morte, pois quase no mesmo instante um detetive chamou a atenção para algo terrível na própria sala que os continha. Agora sem a luz da lâmpada, ficava claro que uma fraca fosforescência começou a se espalhar por toda a casa. Ela brilhava no piso de tábuas largas e no fragmento de tapete esfarrapado, e nos pinázios das janelas de vidros pequenos. Ela ia para cima e para baixo pelas colunas de canto expostas, cintilava pela estante e pelo apoio de lareira e infectava as portas e os móveis. A cada minuto eles a viam se intensificar e por fim ficou bem evidente que os seres vivos e sadios tinham de sair daquela casa.

Ammi lhes mostrou a porta dos fundos e o caminho pelos campos até o pasto de quatro hectares. Eles andaram e cambalearam como em um sonho, e não ousaram olhar para trás até que estivessem bem longe no plano elevado. Eles eram gratos pela passagem, pois não poderiam ter ido embora pela frente, perto daquele poço. Já era ruim o bastante passar pelo celeiro e pelos depósitos de ferramentas brilhantes e aquelas árvores reluzentes do pomar, com contornos retorcidos e diabólicos; mas graças aos céus as piores distorções que os ramos faziam estavam no alto. A lua ficou atrás de algumas nuvens bem negras enquanto eles cruzavam a ponte rústica sobre Chapman's Brook e tatearam o caminho cegados dali até a pradaria aberta.

Quando olharam novamente para o vale e para a casa dos Gardner à distância dentro dele, tiveram uma vista medonha.

Toda a fazenda brilhava com a mistura de cores hedionda e desconhecida: árvores, construções e até mesmo a grama e a vegetação rasteira que não haviam mudado para o letal estado cinza e quebradiço. Os galhos estavam todos entortados em direção ao céu, com chamas horríveis nas pontas, e gotas tremeluzentes do mesmo fogo monstruoso rastejavam pelos cumes da casa, do celeiro e dos depósitos de ferramentas. Era uma cena saída de uma visão de Fuseli e sobre todo o resto reinava aquele motim de luminosidade amorfa, aquele arco-íris alienígena e desmedido de veneno críptico do poço: ebulindo, tateando, dobrando-se, estendendo-se, cintilando, contorcendo-se e borbulhando malignamente com seu cromatismo cósmico e irreconhecível.

Então, sem aviso, a coisa hedionda disparou verticalmente em direção ao céu como um foguete ou meteoro, sem deixar rastros e desaparecendo em um buraco nas nuvens circular e curiosamente regular antes que qualquer homem pudesse ofegar ou gritar. Nenhuma testemunha jamais será capaz de esquecer aquela cena, e Ammi encarou chocado as estrelas da constelação de Cisne – com Deneb brilhando acima das demais –, onde a cor desconhecida diluíra-se na Via Láctea. Mas seu olhar foi logo trazido à terra no momento seguinte pela crepitação no vale. Era apenas isso. Apenas madeira rompendo-se e crepitando; não uma explosão, como muitos outros no grupo alegavam. No entanto, o resultado foi o mesmo, pois em um instante febril e caleidoscópico irrompeu daquela fazenda amaldiçoada e condenada um cataclismo eruptivo e brilhoso de faíscas e conteúdo sobrenaturais; turvando o olhar dos que viam e mandando para o ápice um bombardeio e enxurrada de fragmentos tão fantásticos e coloridos que urgia nosso universo a renegá-los. Atravessando os vapores que rapidamente voltavam a se fechar, eles seguiram a morbidez que sumira e, no segundo seguinte, eles também haviam sumido. Atrás e abaixo deles havia apenas uma escuridão para a qual os homens não ousavam retornar e, rodeando-a, havia um vento crescente que parecia vir de rajadas negras e gélidas do espaço interestelar. Ele gritava e uivava, açoitando os campos e as florestas distorcidas em um frenesi cósmico insano, até que o grupo trêmulo logo concluiu que não era de nenhuma serventia esperar que a lua mostrasse o que restara da casa de Nahum lá embaixo.

Perplexos demais até para cogitar teorias, os sete homens caminhavam a passos árduos até Arkham pela estrada norte. Ammi estava pior do que os companheiros e implorou que os deixassem dentro da própria cozinha em vez de seguir diretamente para a cidade. Ele não queria atravessar a floresta noturna açoitada pelo vento pela estrada principal até sua casa, pois sofrera um choque adicional do qual os demais foram poupados, e foi para sempre esmagado com um medo inquietante que ele não ousou sequer mencionar durante anos. Enquanto as outras testemunhas naquela colina tempestuosa mantiveram seus rostos impassíveis na direção da estrada, Ammi olhou para trás por um instante, para o vale sombrio de desolação que até pouco antes abrigava seu amigo malfadado. E, daquele ponto atormentado e distante, viu algo subir fracamente, em seguida afundando de novo para o lugar de onde o grande horror disforme disparara às alturas. Era apenas uma cor... mas não uma cor de nossa terra ou céu. E, como Ammi reconheceu aquela cor e soube que essa última fraca remanescência ainda habitava o fundo daquele poço, sua mente nunca ficou completamente normal desde então.

Ammi nunca voltaria àquele lugar. Já se passou meio século desde que o horror ocorrera, mas ele nunca mais esteve lá e ficará contente quando o novo reservatório o apagar. Também devo ficar contente, pois não gostei do modo como a luz do sol mudava de cor ao redor da boca daquele poço abandonado pelo qual passei. Espero que a água tenha sempre bastante profundidade... mas, mesmo nesse caso, jamais beberei dela. Não acho que visitarei o condado de Arkham no futuro. Três dos homens que estiveram com Ammi voltaram na manhã seguinte para ver as ruínas sob a luz do dia, mas não havia ruínas de fato. Apenas os tijolos da chaminé, as rochas do porão, resíduos metálicos aqui ou ali e o anel daquele poço execrável. Com exceção do cavalo morto de Ammi, que eles levaram embora e enterraram, e a carroça, que eles prontamente lhe devolveram, tudo que um dia tivera vida havia sumido. Dois hectares de deserto poeirento e cinza foi o que sobrou, e nada cresceu ali desde então. Até hoje ele repousa aberto ao céu, como um grande ponto corroído por ácido nas florestas e campos, e as poucas pessoas que ousaram vislumbrá-lo apesar das histórias rurais o chamaram de "urzal devastado".

As histórias rurais são insólitas. Talvez ficassem ainda mais insólitas se gente da cidade e químicos de faculdades se interessassem em analisar a água daquele poço em desuso ou a poeira cinza que nenhum vento parece dispersar. Botânicos também deveriam estudar a flora definhada daquele local, pois isso poderia trazer luz à noção interiorana de que a moléstia estava se espalhando – pouco a pouco, talvez alguns poucos centímetros por ano. As pessoas dizem que a cor da vegetação vizinha não fica exatamente certa na primavera e que seres selvagens deixam pegadas estranhas na neve fofa de inverno. A neve nunca parece tão densa no urzal devastado quanto nos demais lugares. Cavalos – os poucos que restam nesta era motorizada – ficam irrequietos no vale silencioso; e caçadores não podem confiar em seus cães quando estão muito próximos à mancha de poeira cinzenta.

Dizem que as influências mentais também são muito ruins. Muitos ficaram estranhos nos anos posteriores à morte de Nahum, e eles sempre careciam de forças para ir embora. Então, as pessoas de mente mais forte abandonaram a região e apenas os estrangeiros tentaram viver nos lares antigos e em ruínas. Eles, contudo, não conseguiam ficar, e às vezes alguém se perguntava que descobertas além das nossas sua abundância desvairada e estranha de misticismos sussurrados lhes forneceu. Seus sonhos à noite, eles reclamavam, são extremamente horríveis naquela região grotesca, e sem dúvida o próprio aspecto do reino obscuro é suficiente para alimentar uma imaginação mórbida. Nenhum viajante jamais escapara da sensação de estranheza naqueles barrancos fundos e artistas se arrepiavam ao pintar florestas densas que eram um mistério tanto do espírito como do olho. Eu mesmo tenho curiosidade em relação à sensação que obtive da minha caminhada solitária antes que Ammi me contasse sua história. Quando o pôr do sol veio, desejei vagamente que algumas nuvens se juntassem, pois uma insegurança estranha em relação aos vazios celestiais profundos invadiu minha alma.

Não me peça minha opinião. Eu não sei… isso é tudo. Não havia ninguém além de Ammi para quem perguntar, pois o povo de Arkham não fala sobre os tempos estranhos, e todos os três professores que viram o aerólito e o glóbulo colorido dele faleceram. Havia outros glóbulos… precisava haver. Um deve ter se alimentado e escapado, e provavelmente havia outro que se atrasou. Sem dúvida ainda está no fundo do poço – eu sabia que havia algo de errado com a luz do sol que eu vira sobre aquela beirada miasmática. Os rústicos dizem que a moléstia expandia uns centímetros ao longo do ano, então talvez houvesse alguma forma de crescimento ou fomentação mesmo neste momento. Mas, qualquer que seja o demônio germinante ali, ele precisa estar preso a algo, caso contrário haveria se espalhado rapidamente. Será que estava amarrado às raízes das árvores que arranhavam o ar? Uma das histórias atuais de Arkham fala sobre carvalhos robustos que brilham e se movem de uma forma que não deveriam à noite.

O que é, só Deus sabe. Em termos de matéria, suponho que a coisa que Ammi descreveu seria denominada um gás, mas esse gás obedecia a leis que não eram do nosso cosmo. Não era o fruto de mundos e sóis como os que brilham nos telescópios e placas fotográficas de nossos observatórios. Não era um sopro do espaço cujo movimento e dimensões nossos astrônomos mediam ou consideravam amplos demais para medir. Era apenas uma cor vinda do espaço; um mensageiro aterrorizante de reinos disformes de infinitude que vai além de toda a natureza como a conhecemos; de reinos cuja mera existência estonteia o cérebro e nos estarrece com os golfos negros e extracósmicos que abrem diante de nossos olhos desvairados.

Duvido que Ammi tenha conscientemente mentido para mim, e não creio que sua história seja toda uma excentricidade insana como o povo da cidade havia comentado. Algo terrível veio às colinas e vales com aquele meteoro; e algo terrível – embora eu não saiba em que proporção – ainda permanece. Devo ficar grato em ver a chegada das águas. Enquanto isso, espero que nada aconteça com Ammi. Ele viu tanto da coisa... e sua influência era tão insidiosa. Por que ele nunca foi capaz de se mudar? Com que vividez ele lembrava as palavras finais de Nahum – "num dá pra fugí... te puxa... você sabe que tem uma coisa vindo, mas num adianta...". Ammi é um senhor de idade tão bondoso... quando a equipe do reservatório começar a trabalhar, devo escrever para o engenheiro-chefe pedindo para ficar de olho nele. Detestaria pensar nele como a monstruosidade cinza, retorcida e quebradiça que persiste cada vez mais em perturbar meu sono.

O CÃO

I

Em meus ouvidos torturados soa incessantemente um pesadelo que zune e rufla, além de um latido tênue e distante, como se pertencesse a um cão gigantesco. Não é sonho – não é, temo, sequer loucura –, pois coisas demais aconteceram para que eu pudesse ter a misericórdia dessas dúvidas. St. John é um corpo mutilado, e apenas eu sei o porquê, e meu conhecimento é tal que estou prestes a estourar meus miolos por medo de que eu seja mutilado da mesma maneira. Por corredores infinitos e desiluminados de fantasia extraterrena anda o Nêmese sem forma que me leva à autoaniquilação.

Que os céus perdoem a tolice e a morbidez que nos levaram a um destino tão monstruoso! Desgastados com a banalidade do mundo prosaico, no qual mesmo as alegrias do romance e da aventura logo caducavam, St. John e eu tínhamos seguido com entusiasmo todo movimento estético e intelectual que prometesse nos aliviar de nosso enfado arrasador. Os enigmas dos simbolistas e os êxtases dos pré-rafaelitas foram ambos nossos em suas épocas, mas cada nova onda se esgotava rápido demais da novidade e do apelo que lhes tornavam uma distração. Apenas a filosofia sombria dos decadentes conseguia nos reter, e essa só achamos potentes por aumentarmos gradualmente a profundidade e o diabolismo de nossas penetrações. Baudelaire e Huysmans logo se exauriram de emoções, até que finalmente restou a nós apenas os estímulos mais diretos de aventuras e experiências sobrenaturais e pessoais. Foi essa necessidade emocional arrepiante que nos levou depois de um tempo ao curso detestável que até mesmo em meu estado presente de medo menciono com vergonha e hesitação: aquela extremidade hedionda de ultraje humano, a prática abominável de saquear sepulturas.

Não posso revelar os detalhes de nossas expedições chocantes, ou catalogar sequer em partes o pior dos troféus adornando o museu sem nome que montamos na grande casa de pedra que dividíamos, sozinhos e sem criados. Nosso museu era um lugar blasfemo e impensável, onde, com o gosto satânico de virtuosos neuróticos, nós juntamos um universo de terror e decadência para instigar nossas sensibilidades calejadas. Era um quarto secreto, bem, bem subterrâneo, no qual demônios de asas enormes esculpidos em basalto e ônix vomitavam com bocas largas e sorridentes uma estranha luz verde e laranja e tubos pneumáticos escondidos agitavam em danças da morte caleidoscópicas as fileiras de coisas vermelhas funéreas de mãos dadas e trançadas em um tecido negro e volumoso suspenso. Desses tubos vinham sob comando os odores que nosso humor mais desejava; às vezes o aroma de lírios fúnebres pálidos, às vezes o incenso narcótico de santuários orientais imaginários para os cadáveres régios, e às vezes – estremeço ao me lembrar! – os fedores da cova aberta, horríveis e de perturbar a alma.

Ao redor das paredes dessa câmara repulsiva havia receptáculos de múmias antigas alternando com corpos agradáveis e de aparência vívida, perfeitamente empalhados e curados pela arte da taxidermia, além de lápides roubadas dos adros mais antigos do mundo. Nichos aqui e ali continham caveiras de todas as formas e cabeças preservadas em diversos estágios de decomposição. Ali, podia-se achar os crânios podres e calvos de nobres famosos bem como as cabeças frescas e de um dourado radiante pertencentes a crianças recém-enterradas. Estátuas e pinturas havia lá, todas de temas diabólicos e algumas delas executadas por St. John e por mim. Um portfólio trancafiado, encadernado em pele humana bronzeada, continha certos desenhos desconhecidos e inomináveis que, segundo rumores, Goya havia cometido, mas cuja autoria não ousou reconhecer. Havia instrumentos musicais nauseantes – cordas, metais e madeiras – nos quais eu e St. John às vezes produzíamos dissonâncias de morbidez excepcional e horror cacodemoníaco, ao passo que uma profusão de armários de ébano incrustrados abrigavam a variedade mais incrível e inimaginável de tesouros de tumba já coletada pela loucura e perversidade humanas. É desse tesouro em particular que não posso falar; graças a Deus, tive a coragem de destruí-lo muito antes de pensar em destruir a mim mesmo.

As expedições predatórias nas quais coletávamos nossos tesouros inomináveis eram sempre eventos artisticamente memoráveis. Não éramos profanadores[10] vulgares; trabalhávamos apenas sob certas condições de temperamento, paisagem, ambiente, meteorologia, estação do ano e luz da lua. Esses passatempos eram, para nós, a forma mais sofisticada de expressão estética, e nós os tratávamos com cuidado técnico rigoroso. Uma hora inapropriada, um efeito de iluminação gritante ou uma manipulação desajeitada da relva úmida destruiriam quase por completo para nós aquela excitação eufórica que vinha após a exumação de algum segredo da terra risonho e agourento. Nossa busca por cenas inéditas e condições picantes era febril e insaciável; St. John era sempre o

10 Originalmente, o termo usado é "Ghoul", um tipo específico de criatura diabólica que viola túmulos e se alimenta de cadáveres. (N.T.)

líder e foi ele quem nos levou pelo caminho até aquela zombaria, aquele ponto maldito que nos trouxe nosso destino hediondo e inevitável.

Por qual fatalidade maligna fomos atraídos até aquele terrível adro na Holanda? Creio que foram os rumores e lendas sombrias, as histórias sobre o sujeito enterrado há cinco séculos que havia ele mesmo sido um profanador em seu tempo e roubado um artigo potente de um sepulcro poderoso. Consigo me lembrar da cena nesses momentos finais: a pálida lua de outono sobre as covas, criando sombras longas e horríveis; as árvores grotescas, curvando-se soturnamente para encontrar a grama abandonada e as lajes arruinadas; as vastas legiões de morcegos estranhamente colossais que voavam contra a lua; a antiga igreja coberta de trepadeiras apontando um enorme dedo espectral para o céu nublado; os insetos fosforescentes que dançavam como fogos-fátuos pressagiando a morte sob os teixos em um canto distante; os odores de mofo, vegetação e coisas menos explicáveis que se misturavam debilmente com o vento noturno de pântanos e mares distantes; e, o pior de tudo, o latido tênue e de tom grave de um cão gigantesco que não conseguíamos ver ou determinar onde estava. Ao ouvirmos essa sugestão de latido, estremecemos, lembrando as histórias dos plebeus; pois aquele que buscávamos havia, séculos antes, sido encontrado nesse mesmo lugar, rasgado e dilacerado pelas garras e dentes de uma fera inenarrável.

Lembrei-me de como reviramos a cova desse profanador com nossas pás, e como ficamos animados com a imagem de nós, da cova, da lua pálida como testemunha, das sombras horríveis, das árvores grotescas, dos morcegos titânicos, da igreja antiga, dos fogos-fátuos fatídicos, dos odores nauseantes, dos gemidos gentis do vento noturno e do latido estranho, semiaudível e sem direção certa, cuja existência objetiva mal podia ser uma certeza para nós. Então, acertamos uma substância mais dura do que o bolor úmido e contemplamos uma caixa oblonga e pútrida encrostada de depósitos minerais do solo há muito não perturbado. Era incrivelmente resistente e espessa, mas tão velha que por fim forçamos sua abertura e deleitamos nossos olhos com o que ela continha.

Muito – surpreendentemente muito – havia restado do objeto, apesar de quinhentos anos terem se passado. O esqueleto, embora quebrado em lugares pelas mandíbulas da coisa que o matou, se manteve íntegro com firmeza espantosa, e nos regozijamos com o crânio branco limpo e seus dentes longos e firmes e suas órbitas sem olhos que um dia brilhou com uma febre sepulcral como a nossa. No caixão, repousava um amuleto de desenho curioso e exótico, aparentemente usado ao redor do pescoço do adormecido. Era uma figura estranhamente convencionada de um cão alado acocorado, ou de uma esfinge com rosto semicanino, e era esculpido com destreza em um estilo oriental sobre uma pequena peça de jade verde. A expressão em seus entalhes era repulsiva ao extremo, com um sabor simultâneo de morte, bestialidade e malevolência. Ao redor da base, havia uma inscrição em caracteres que nem St. John nem eu conseguíamos identificar; na parte de baixo, como um selo, havia gravado um crânio grotesco e formidável.

De imediato ao olharmos esse amuleto, sabíamos que precisávamos tê-lo em nossa posse, que esse tesouro por si só era nossa pilhagem lógica da cova secular. Até mesmo se os contornos não fossem nada familiares, o teríamos desejado mas, quando olhamos com mais atenção, vimos que não eram de todo desconhecidos. Era de fato alienígena a toda arte e literatura que leitores sãos e equilibrados conhecessem, mas os reconhecemos como a coisa que era aludida no *Necronomicon* do árabe louco Abdul Alhazred, o símbolo fantasmagórico do culto necrófago da inacessível Leng, na Ásia Central. Traçamos bem demais os lineamentos sinistros descritos pelo velho demonólogo árabe; lineamentos que, ele escreveu, foram desenhados a partir de uma manifestação sobrenatural obscura das almas daqueles que irritaram e atormentaram os mortos.

Capturando o objeto verde de jade, olhamos uma última vez para o rosto branqueado de olhos cavernosos do dono e fechamos a cova, deixando-a como a encontramos. Enquanto nos afastávamos rapidamente daquele local abominável, com o amuleto roubado no bolso de St. John, pensamos ter visto os morcegos descerem para um corpo na terra que havíamos há pouco saqueado, como se procurassem um alimento maldito e ímpio. Mas a lua do outono brilhava fraca e pálida, e nós não conseguíamos ter certeza. Igualmente, enquanto velejávamos no dia seguinte da Holanda para casa, pensamos ter ouvido o latido tênue de um cão gigantesco à distância. Mas o vento outonal gemia triste e desgastado, e não conseguíamos ter certeza.

II

Menos de uma semana depois de nosso retorno à Inglaterra, coisas estranhas começaram a ocorrer. Vivíamos como reclusos, desprovidos de amigos, sozinhos e sem criados em alguns quartos de um antigo solar em um charco deprimente e pouco frequentado; então, nossas portas raramente eram perturbadas pelas batidas de visitas. Agora, porém, estávamos preocupados com o que pareciam movimentos constantes à noite, não apenas ao redor das portas, mas também das janelas, tanto superiores como inferiores. Certa vez, imaginamos que um corpo enorme e opaco escurecia a janela da biblioteca quando a lua brilhou contra ele; em outro momento, achamos ter ouvido um som de zunidos ou ruflos não muito longe. A cada ocasião, nossas investigações não levavam a nada, e começamos a atribuir as ocorrências a pura imaginação – a mesma imaginação curiosamente perturbada que ainda prolongava em nossos ouvidos o latido tênue e distante que achávamos ter ouvido no adro holandês. O amuleto jade agora repousava em um nicho de nosso museu, e às vezes acendíamos velas de aromas estranhos diante dele. Nós lemos muito no *Necronomicon* de Alhazred sobre suas propriedades, e sobre a relação das almas de profanadores com os objetos que ele simbolizava; e ficamos perturbados com o que lemos. Então, o terror veio.

Na noite de 24 de setembro de 1919, ouvi baterem a meus umbrais. Achando que era St. John, mandei a pessoa entrar, mas só ouvi como resposta um riso estridente. Não havia ninguém no corredor. Quando despertei St. John de seu sono, ele declarou total ignorância sobre o ocorrido, e ficou tão preocupado quanto eu. Foi naquela noite que o latido tênue e distante para além do charco se tornou para nós uma realidade certa e temerosa. Quatro dias depois, enquanto estávamos ambos no museu escondido, surgiu um som baixo de arranhões cautelosos na única porta que levava à escadaria secreta da biblioteca. Nossa preocupação estava agora dividida pois, além do medo do desconhecido, sempre alimentamos um temor de que nossa coleção terrível pudesse ser descoberta. Apagando todas as luzes, fomos até a porta e a abrimos com ímpeto num instante; com isso, sentimos um sopro de ar insondável e escutamos como se retrocedesse à distância uma combinação insólita de sussurros, risinhos e falatório articulado. Se estávamos loucos, sonhando ou com os sentidos em pleno funcionamento, não tentamos determinar. Apenas nos demos conta, com a mais trevosa apreensão, de que o falatório incorpóreo era, sem dúvida, *no idioma holandês*.

Depois disso, vivíamos com horror e fascinação crescentes. No geral, nos ativemos à teoria de que estávamos enlouquecendo conjuntamente em razão da nossa vida de excitações sobrenaturais, mas às vezes nos agradava mais dramatizar que éramos vítimas de uma perdição aterrorizante à espreita. Manifestações bizarras passaram a ser frequentes demais para relatar. Nossa casa solitária parecia estar viva com a presença de um ente maligno cuja natureza não conseguíamos adivinhar e toda noite aquele latido demoníaco atravessava o charco cheio de vento, sempre mais e mais alto. Em 29 de outubro, encontramos na terra fofa sob a janela da biblioteca uma série de pegadas totalmente impossíveis de descrever. Elas eram tão embasbacantes quanto as hordas de morcegos enormes que assombravam o antigo solar em quantidades sem precedentes e cada vez maiores.

O horror atingiu um apogeu em 18 de novembro, quando St. John, voltando a pé para casa da estação ferroviária distante, no escuro, foi interceptado por uma coisa carnívora aterrorizante que o rasgou em pedacinhos. Seus gritos chegaram à casa, e corri para a cena terrível a tempo de ouvir o zunido de asas e ver uma coisa turva, negra e vaga formando uma silhueta contra a lua ascendente. Meu amigo estava à beira da morte quando lhe falei, e ele não conseguia responder de forma coerente. Tudo o que conseguia fazer era sussurrar:

– O amuleto... aquela coisa maldita... – Ele então sucumbiu, uma massa inerte de carne dilacerada.

Eu o enterrei na meia-noite seguinte em um de nossos jardins negligenciados e murmurei sobre seu corpo um dos rituais diabólicos que ele amara em vida. E, enquanto eu pronunciava a última frase demoníaca, escutei longe no charco o latido tênue de um cão gigantesco. A lua estava no alto, mas eu não ousava olhar para ela. E, quando vi no charco mal iluminado uma larga nuvem nebulosa roçando um montículo após o outro, fechei meus olhos e atirei minha cabeça ao chão. Quando me levantei, trêmulo, não sei quanto tempo depois, cambaleei até a casa e fiz reverências chocantes diante do relicário que abrigava o amuleto de jade verde.

Agora com medo de morar sozinho na casa antiga do charco, parti no dia seguinte para Londres, levando comigo o amuleto após destruir queimando e enterrando o restante da coleção ímpia do museu. Entretanto, depois de três noites ouvia o latido novamente e, antes que uma semana tivesse se passado, sentia olhos estranhos sobre mim sempre que estava escuro. Uma noite, enquanto passeava pelo Victoria Embankment a fim de tomar um ar um tanto quanto necessário, vislumbrei uma forma negra obscurecer um dos reflexos das lâmpadas na água. Um vento mais forte do que a brisa noturna passou, e assim eu soube que o que havia acontecido com St. John logo aconteceria comigo.

No dia seguinte, embrulhei com cuidado o amuleto de jade verde e velejei para a Holanda. Que misericórdia eu talvez ganharia ao devolver essa coisa a seu dono silencioso e dormente, eu não sabia; mas senti que devia ao menos tentar todo passo com alguma lógica concebível. O que era o cão, e por que me perseguia, eram questões ainda vagas, mas eu ouvira o latido pela primeira vez naquele adro antigo, e todos os eventos seguintes, incluindo o sussurro moribundo de St. John, haviam servido para ligar a maldição ao roubo do amuleto. Assim, mergulhei nos abismos mais baixos do desespero quando, em uma estalagem em Roterdã, descobri que ladrões haviam me desprovido desse único modo de salvação.

O latido foi alto naquela noite; de manhã, li a respeito de um feito inominável no bairro mais vil da cidade. A plebe estava aterrorizada, pois sob um cortiço perverso havia ocorrido uma morte vermelha que ia além do mais hediondo crime antes ocorrido na vizinhança. Em uma toca de ladrões esquálida, uma família inteira havia sido rasgada em pedaços por uma coisa desconhecida que não deixou rastros, e aqueles nas redondezas haviam escutado durante toda a noite mais audível que o típico clamor de vozes bêbadas uma nota tênue, grave e insistente como a de um cão gigantesco.

Então, enfim, eu me encontrava novamente naquele adro insalubre, onde uma lua invernal pálida projetava sombras hediondas e árvores sem folhas se curvavam de um jeito soturno para encontrar a grama definhada e congelada e lajes rachadas, e a igreja coberta de trepadeiras apontando um dedo zombeteiro para o céu hostil, e o vento noturno uivava maníaco por sobre pântanos congelados e mares gélidos. O latido estava bastante tênue agora, e parou por completo à medida que eu me aproximava da cova antiga que eu antes violara, e espantei uma horda anormalmente grande de morcegos que pairava curiosa ao redor dela.

Não sei o que fui fazer lá além de rezar ou balbuciar súplicas e pedidos de desculpas para a coisa branca e calma que repousava ali dentro; mas, independentemente de qual fosse meu motivo, ataquei a relva congelada com um desespero em parte meu e em parte de uma vontade dominante externa a mim. A escavação foi muito mais fácil do que eu esperava, embora por um momento eu tivesse encontrado uma interrupção insólita quando um abutre esguio desceu do céu frio e bicou freneticamente a cova-terra até que eu o matasse com um golpe de minha pá. Finalmente, alcancei a caixa oblonga em decomposição e removi a cobertura úmida e nitrosa. Esse foi o último ato racional que realizei.

Pois, acocorado dentro daquele caixão de séculos, abraçado por uma comitiva apinhada e pesadelar de morcegos enormes e musculosos dormindo, havia a coisa esquelética que eu e meu amigo havíamos roubado; não limpo e plácido como vimos naquela vez, mas coberto em sangue encrostado e pedaços de cabelo e carne alienígena, e me encarava consciente com órbitas fosforescentes e presas afiadas e ensanguentadas se abrindo retorcidamente caçoando de minha perdição inevitável. E, quando saiu desses maxilares sorridentes um latido grave e sardônico como o de um cão gigantesco, vi que ele segurava em sua garra sangrenta e imunda o perdido e fatídico amuleto verde de jade. Apenas gritei e corri como um idiota e meus gritos logo dissolveram em surtos de riso histérico.

A loucura anda no vento estelar... garras e dentes afiados em séculos de cadáveres... escorrendo morte ladeada por um bacanal de morcegos das ruínas de noite negra dos templos de Belial enterrados... Agora, conforme os latidos daquela monstruosidade morta e sem carne ficam cada vez mais altos, e os zunidos e ruflos discretos daquelas asas com membrana rodeiam cada vez mais perto, eu devo buscar com meu revólver a obscuridade que é meu único refúgio do inominado e inominável.

H. P. Lovecraft

TIPOGRAFIA ADOBE CASLON PRO
IMPRESSÃO IMPRENSA DA FÉ